Para Rosana Rios, que me encanta com suas histórias.

HISTÓRIAS DE GELAR O SANGUE

ANTÔNIO SCHIMENECK

Ilustrações
MARCO CENA

9ª edição / Porto Alegre - RS / 2025

Capa, projeto gráfico e ilustrações: Marco Cena
Revisão: Ione Souza
Editoração eletrônica: Bruna Dali e Maitê Cena
Assessoramento de edição: André Luis Alt

Dados Internacionais de Catalogação na Publicação (CIP)

S362s   Schimeneck, Antônio
          7 Histórias de gelar o sangue / Antônio Schimeneck. / ilustrado por Marco Cena – 9.ed. – Porto Alegre: BesouroBox, 2025.
          112 p.: il.; 14 x 21 cm

          ISBN: 978-85-99275-69-6

          1. Literatura infantojuvenil. 2. Contos. I. Título.

CDU 82-93

Bibliotecária responsável Kátia Rosi Possobon CRB10/1782

Direitos de Publicação: © 2025 Edições BesouroBox Ltda.
Copyright © Antônio Schimeneck, 2025.

Todos os direitos desta edição reservados à
Edições BesouroBox Ltda.
Rua Brito Peixoto, 224 - CEP: 91030-400
Passo D'Areia - Porto Alegre - RS
Fone: (51) 3337.5620
www.besourobox.com.br

Impresso no Brasil
Julho de 2025.

1 A SIMPATIA
...A entrada da estranha menina foi seguida por uma lufada de ar gelado.................... 07

2 OLHOS NA NOITE
...Um medo de gelar o sangue fazia com que eu não desviasse a atenção daquele olho de fogo..... 19

3 A BURRA DA FIGUEIRA
...De repente, a sala perdeu o calor. Ficou gelada... 31

4 ILHA DA SEPULTURA
...O frio que teima em me fustigar por fora, agora circula também pelo meu sangue........... 47

5 UMA LÁGRIMA NA PAREDE
...Uma brisa gelada invadiu a sala, entrando pela porta e pelas janelas abertas............. 65

6 NOITE DE CAÇA
...E ele permaneceu ali, imóvel, como se o sangue tivesse congelado em suas veias.......... 75

7 O ÚLTIMO CONTO
...Petrificados de medo, fazendo com que o sangue congelasse em nossas veias............... 89

1
A SIMPATIA

*O intenso horror do pesadelo tomou conta de mim,
tentei retirar o braço, mas a mão se agarrou à minha
e uma voz – a mais melancólica que eu já ouvira –
gemia: "Deixe-me entrar, deixe-me entrar!*

Emily Brontë

Eu e a Deise somos muito amigas. Nem preciso dizer que não existem segredos entre nós. Todos os acontecimentos são contados tim-tim por tim-tim, muito embora quase nada de muito extraordinário tenha ocorrido na nossa pacata vida. Nosso bairro tem poucos anos de existência e fica um pouco retirado do centro da cidade. Precisamos caminhar um bocado para chegar à escola. Até que é bom; o grupo de estudantes que sai daqui é bem divertido, quase não sentimos o tempo passar, pois sempre tem alguém contando uma história ou cantando uma música. Nós duas ficamos um pouco para trás, pois temos alguns segredinhos e não queremos que os demais tomem conhecimento disso. Assim eram os dias. Porém, um fato veio sacudir a paz que, até então, reinava na nossa simples rotina.

Antes de contá-lo, preciso dizer que a Deise adora simpatia. Não sabe o que é? Não estou falando que ela gosta de gente simpática, embora ela goste... Espere que vou explicar. Existe um costume que nem sei de quando vem, mas deve ser muito antigo, de fazer uma coisa para conseguir outra. Não entendeu? Bom, é como se fosse um ritual de magia, mas não é MAGIA, assim, com letra maiúscula, só uma magiazinha, sem muita responsabilidade. A avó dela sempre dizia:

– Num dia ou noite de temporal, faça uma cruz de sal em cima da mesa, e nada vai atingir a casa.

Ou ainda:

– Se perder algo, acenda uma vela para o Negrinho do pastoreio que num instante o perdido se encontra.

Agora acho que ficou mais claro, não é mesmo?

Minha amiga gastava boa parte da mesada comprando revistas de simpatias. Eu sempre dizia a ela que isso é besteira, crendice, superstição e que, se algo acontece mesmo, é pela mente das pessoas que fica autossugestionada. Quem disse que a Deise aceitava os meus argumentos? Ela dizia:

– Não importa, Manu. Eu gosto de simpatias. Não estou fazendo mal para ninguém. E, de mais a mais, para mim já aconteceram várias coisas. Lembra de quando eu queria que o Jonas conversasse comigo? Eu escrevi o nome dele com mel numa folha de laranjeira e mastiguei sete vezes. O que aconteceu? Em seguida, ele veio falar comigo...

Dia desses, ela me chamou para contar uma novidade. Descobriu um velho livro na biblioteca da escola. A bibliotecária nem lembrava mais que aquele volume estava lá. Todo empoeirado, ficou perdido durante anos atrás de outros exemplares. Só mesmo a curiosidade da Deise para encontrá-lo e resgatá-lo do pó do tempo. Depois de ter passado boa parte da noite lendo, logo pela manhã, ela me disse:

– Manu do céu! Encontrei uma simpatia muito boa. Acho que é tiro e queda para o que estou tramando.

– E o que você tem em mente agora? – perguntei, pensando: o que essa garota está aprontando? – Diga aí, que simpatia é essa?

– Ah! Não posso falar aqui – segredou ela. – Vá lá em casa hoje à noite que te conto.

– Ok. Combinado, então. Às 21 horas tá bom?

– Tá ótimo...

Eu não disse que a mãe da Deise é uma chata? Pensa em chata multiplicada por dez. Nenhum dos colegas de aula visita minha amiga. Por isso, nos encontramos escondido. Como somos vizinhas, eu pulo o muro, dou uma batidinha na janela, ela abre e eu entro. Só assim a megera não nos atrapalha.

Conforme acertado, na hora marcada, escalei a janela do quarto da Deise. Ela foi logo me mostrando o misterioso exemplar que havia resgatado das traças na biblioteca da escola. Não sei por que, mas senti um arrepio estranho ao ver aquele velho livro de capa preta aberto, contrastando com o branco do lençol da cama da minha amiga. Numa empolgação enorme, mostrou-me as inúmeras possibilidades de simpatias contidas naquela publicação. Eu continuava com uma sensação de mal-estar. Falei para a Deise:

– Ai, amiga! Esse livro tá me dando um medo...

– Que nada, sua boba, não tem que ter medo nenhum. É só um livro, nada mais.

– Mesmo assim, ele é sinistro. E que simpatia você quer me mostrar?

– É uma ótima para descobrir a primeira letra do nome da pessoa amada. Aqui diz que, se fizermos a simpatia direitinho, em três dias teremos a inicial daquele que será o grande amor da nossa vida.

– E tem que fazer o quê?

– Ir ao cemitério, no dia de finados, e colher uma flor.

– Que flor?

– Aqui não especifica o tipo de flor. Pode ser qualquer uma.

– E depois?

– Colocar a flor dentro de um livro. No terceiro dia, o suco das pétalas deixará impresso na página a primeira letra do grande amor da vida de quem fez a simpatia.

– Bom, estou fora desse passeio.

– Como assim? Você não vai comigo?

– Tenho pavor de cemitério. Não vou mesmo. Pode convidar outra pessoa. E tem mais. Não quero intimidade com esse livro. Se tive má impressão só de ver, agora mais ainda. Posso te dar um conselho? Devolve esse livro na biblioteca e esquece essa história.

– De jeito nenhum! Se você está com medo, Manu, eu tenho coragem de colher uma florzinha do cemitério. Afinal, que falta vai fazer a um morto uma simples flor?

– Olha, Deise, das poucas vezes que fui ao cemitério, minha mãe mandou que limpássemos os pés ao sair, para que nada de lá nos acompanhasse. Acho que não é uma boa trazer alguma coisa de lá, ainda mais de propósito.

– Já decidi. Minha mãe já me convidou para ir ao cemitério. Eu vou...

Dois de novembro, dia de finados, sexta-feira. Como era feriado, minha família resolveu visitar uma tia na cidade vizinha. Voltamos na segunda-feira bem cedo. Meus pais me deixaram na escola e foram para casa. Achei estranho que a Deise não tenha ido à aula. Ao voltar do colégio, passei na sua casa. Bati palmas na porta da frente. Veio atender a carrancuda da mãe dela. Perguntei, com toda a delicadeza do mundo:

– A Deise está?

Ela respondeu com a natural antipatia:

– A Deise está doente.

E bateu a porta na minha cara!

Só encontrei minha amiga alguns dias depois. Estava muito abatida, com umas olheiras enormes. Não conseguia dormir direito, acordando a todo o momento. Sentamos para conversar embaixo da grande amoreira que havia no pátio da escola. Deise estava nervosa e me contou o que aconteceu naqueles dias em que não nos vimos.

No feriado dedicado aos mortos, ela e a mãe foram visitar o túmulo da Vó Penha. Chegaram cedinho, limparam o local, acenderam algumas velas, colocaram flores para alegrar a tristeza e a saudade que sentiam.

Perto de onde estava sepultada a avó, Deise viu uma enorme touceira de cravo-de-defunto, uma planta que, de tão comum em cemitérios, acabou recebendo esse nome. Ela colheu uma flor, escondeu dentro da bolsinha que levava a tiracolo e voltou para casa com a mãe.

Escolheu a obra *O morro dos ventos uivantes* para guardar o ingrediente principal da sua simpatia. Depois de pôr cuidadosamente o cravo entre as páginas, recolocou o livro na estante, ansiosa para que os próximos três dias passassem logo.

No domingo à noite, Deise foi dormir por volta das 23 horas. Estava quase pegando no sono, quando ouviu que batiam na janela do quarto. Pensando que fosse eu, acendeu a luz do abajur e, silenciosamente, fez correr a veneziana de madeira. Para surpresa da minha amiga, pulou para dentro uma menina de uns sete anos de idade. Trazia o cabelo em duas tranças presas por fitas vermelhas. Depois de se recuperar do susto, Deise perguntou quem ela era. A garota, olhando diretamente para os olhos da dona do quarto, devolveu a pergunta com outra:

– Onde está o que você roubou da minha casa?

A princípio, Deise não entendeu o que aquela garotinha queria e muito menos quem ela era. A janela continuava escancarada; a entrada da estranha menina foi seguida por uma lufada de ar gelado. A impressão era de que alguém havia deixado aberta a porta da geladeira. Quando se deu conta da estranheza da situação, arriscou balbuciar:

– Q-quem é você? E-eu não roubei nada...

A menina retrucou:

– Roubou, sim. Você foi na minha casa, lá no cemitério, e pegou uma coisa que é minha.

Deise se lembrou da inocente florzinha que colheu perto do túmulo da avó. Olhou para o rosto daquela menina; a meia luz do abajur deixava entrever a face pálida, os lábios arroxeados. O que mais a apavorou foram os olhos que, de um momento para o outro, perderam o brilho e ficaram opacos, quase brancos. Numa voz que parecia vir do fundo de uma fria e escura caverna, a garota vociferou:

– Se o que você pegou não estiver no mesmo lugar amanhã, eu retorno, mas não vou voltar sozinha! E aí você nunca mais vai roubar nada de ninguém.

Da mesma forma que entrou, a garotinha saiu. Só não levou junto com ela o frio que foi entrou na pele da minha amiga. Ela sentiu o sangue circular mais devagar, como se congelasse nas veias. Então, um soluço subiu pela sua garganta. Desesperada, trancou a janela e correu para o quarto da mãe.

No outro dia, Deise voltou com a mãe ao cemitério. Chegando ao túmulo da Vó Penha, minha amiga abriu *O morro dos ventos uivantes* e retirou rapidamente a florzinha de dentro; procurou a touceira perdida no meio dos jazigos. Avistou a plantação de cravo-de-defunto e ali jogou aquela que estava em seu poder. Olhando mais de perto, percebeu que as flores, de cores tão vivas, enfeitavam um velho túmulo de criança; abaixou-se para ver melhor a cruz enferrujada e leu a seguinte inscrição: Sara Lemos. 1908 – 1915.

Tentei conformar a minha pálida e angustiada amiga. Num momento desses, só as palavras podem dar algum conforto. Peguei na sua fria mão e disse:

– Eu senti desde o início que aquele livro não era boa coisa. Agora tudo passou; bola para frente, não é assim que se diz? Vamos esquecer tudo isso.

– Manu, tem mais uma coisa – sussurrou Deise. – Lembra da letra que a simpatia revelaria?

– Sim, a letra do "grande amor da sua vida" – ironizei, tentando alegrar a situação. – Isso é tudo besteira, amiga...

– Então olha isto – disse ela, me interrompendo e colocando em minhas mãos *O morro dos ventos uivantes*.

Olhei para o velho exemplar aberto sob minhas pernas e não pude deixar de soltar um gemido: na página amarelada, o sumo do cravo-de-defunto havia manchado um sinistro S.

2

OLHOS NA NOITE

Aquela bocarra de dentes afiados jamais pertenceria a um lobo comum. Ela salivava, impregnando o ambiente de um pavor absoluto.

Rosana Rios e Helena Gomes

Sinto um enorme pesar por não ter passado mais tempo com a minha avó. Meu pai saiu cedo de casa e acabou encontrando a melhor oportunidade de trabalho distante da família. Passei algumas férias com a velha Hermínia. Com certeza, aqueles dias em meio à natureza e à convivência com gente muito simples influenciaram a decisão de me tornar veterinário. O cuidado com os animais e o alívio das suas dores toma, hoje, a maior parte do meu tempo.

A última vez que lá estive, e a minha avó ainda vivia, foi por volta dos doze anos de idade. Fiquei em sua companhia por dez dias, dentre os quais, os cinco primeiros foram de pura alegria. Já os últimos dias demoraram uma eternidade para chegarem ao fim.

Depois de contar o ocorrido, ninguém ficará surpreso quanto à ansiedade para que o dia de voltar para casa chegasse logo.

A chácara da vó Hermínia era muito simples. Por lá não havia luxo, mas tinha fartura de tudo o que a terra pudesse produzir. As galinhas ciscavam livres pelo terreiro. Os pastos verdejantes alimentavam as ovelhas e as vacas. Estas últimas, pela manhã, faziam a alegria do tio Pedro e do seu Neri, que tiravam inúmeros baldes de leite. O que não era consumido virava queijo, que era vendido na cidade, sob forte concorrência da clientela. A lavoura e a horta abasteciam os moradores com mandioca, milho, feijão, batata-inglesa, batata-doce, abóbora, moranga, melancia, alface, tomate, cebola e uma infinidade de outros temperos e chás que nem sei direito o nome. Dava gosto ver a terra limpa de ervas daninhas e fortificada pelo adubo produzido ali mesmo.

Tentei aprender a fazer de tudo com eles, mas dez dias não são suficientes. Mesmo assim, Seu Neri me ensinava com paciência:

– Num é anssim, guri. Num pode dexá o ternero mamá todo o leite da vaca, a mode nóis fica chupano o dedo.

Logo que eu chegava à casa de minha avó, precisava fazer um esforço para entender a linguagem daquele bondoso e fiel empregado; depois de um tempo, meu ouvido acostumava àquela forma de falar tão diferente da minha.

Além do seu Neri e do tio Pedro, viviam na propriedade, acompanhando a minha avó, o Juca e o Baio: dois cães de raça indefinida e muito fiéis aos seus donos. Sempre que eu chegava para as férias, eles ficavam desconfiados e rosnavam um pouco, mas bastavam alguns minutos de carinho naqueles focinhos e já éramos grandes amigos.

Minha avó possuía um conhecimento enorme sobre o poder das plantas que cresciam na propriedade. Tanto, que muitos vizinhos vinham de longe para consultá-la quando estavam com algum problema de saúde. Dona Hermínia receitava seus chás e pomadas que ela mesma produzia. Todos consideravam seus medicamentos milagrosos. O que mais me impressionava era a capacidade de interpretar os sinais da natureza, utilizando-os a seu favor.

– Marcelo, recolhe aquela roupa para a vó, que vai chover.

– Chover? Com este sol?!

– As galinhas tão avisando.

– Como? – perguntava com uma cara de espanto. – Desde quando galinha fala?

– Quando o tempo tá para chuva, elas passam uma gordura com o bico nas penas; assim, não se molham – explicava a velha senhora.

– Por isso que parece que estão cheias de coceira?

– Isso mesmo – ria minha avó. – Por isso que eu sei que vai chover. Senão, elas não estavam fazendo isso. Agora, vá lá recolher a roupa.

Tudo correu dentro da normalidade até o quinto dia de visita. De tardezinha, quando estávamos prendendo os terneiros, o sol já tinha baixado completamente, minha avó olhou para o tio e disse, com um olhar enigmático:

– Pedro, hoje começa a lua cheia.

Meu tio parou o que estava fazendo e respondeu um seco:

– É.

E continuou a tocar os bezerros para o galpão.

Após o jantar, sob a luz dos lampiões, eu observava a animada cena que os três moradores da casa protagonizavam. Minha avó tinha um grande rádio à válvula que ficava em cima de um balcão de madeira. Raramente ele era acionado, pois as enormes pilhas usadas como bateria não duravam quase nada. Quando decidiam escutá-lo, todos sentavam à sua volta, como se ele fosse um oráculo sagrado. Meu tio acionava o botão e uma luz esverdeada começava a acender, ligando vagarosamente o aparelho. Portanto, o divertimento mais comum eram os jogos de cartas ou as longas conversas que variavam entre as lavouras, os bichos, os parentes antigos ou os casos de mistério e assombramento que rondavam aquelas paragens.

Quem dera o acontecido nessa noite fosse apenas um caso contado por alguém. Talvez minha pele não eriçasse tanto de medo ao lembrar o sucedido.

Minha avó calou-se de repente, soltando as cartas na mesa ao escutar o primeiro latido distante dos cachorros. Ouvimos quando Juca e Baio dispararam da cozinha, onde costumavam dormir, e juntaram-se ao ataque dos demais cães da vizinhança. Ficamos em pé, diante da parede cheia de frestas que deixava entrever o pátio iluminado pela claridade da lua cheia.

De um momento para outro, aquele clima descontraído ficou pesado. Não conseguíamos desviar os olhos daqueles vãos que, em pouco tempo, nos permitiram enxergar uma cena horripilante: descendo o campo em direção à mangueira da chácara, os cachorros avançavam em uma criatura enorme e peluda que, por sua vez, também atacava os seus perseguidores.

Não consigo explicar o pavor que senti naquela hora. Tinha a impressão de que meu coração batia no ritmo e no volume de um tambor num desfile de sete de setembro. Mesmo sem saber o que os cães atacavam, o semblante dos presentes não deixava dúvida de que algo de muito medonho acontecia. Minha avó, sem desviar os olhos dos vãos da parede, sussurrou ao meu tio:

– Pedro, a porteira ficou fechada?

Meu tio, num fio de voz, respondeu:

– Acho que deixei aberta...

Seu Neri deixou escapar um:

– Cruz credo!

Os cachorros continuavam latindo e atacando furiosamente o estranho ser, agora, bem diante de nossos olhos, no pátio da propriedade. De repente, o enorme animal deu um forte uivo e investiu contra os cães que, num ganido de dor, fugiram desabaladamente. Desceu um silêncio incômodo na noite enluarada.

Nós continuávamos parados, petrificados dentro de casa, tentando acompanhar os acontecimentos pelas frestas da cozinha. Sentimos que algo lá fora se movia, ouvíamos sua respiração ofegante. Até que uma sombra recortada entre as tábuas passou por nossos olhos e, no buraco de um dos nós da parede de madeira, deparamos com um olho vermelho que espiava para dentro.

Não consegui me mover um centímetro. Parecia colado ao chão. Um tremor invadia o corpo. Sentia a pele arrepiada do dedão do pé ao último fio de cabelo. Um medo de gelar o sangue fazia com que eu não desviasse a atenção daquele olho de fogo que parecia cravado diretamente em mim.

O torpor foi interrompido pelo grito de minha avó:

– Pedro, é o lobisomem! Pega a cartucheira.

Tio Pedro correu para a parede na qual estava pendurada, no alto, a antiga espingarda. Colocou dentro dela um cartucho e a engatilhou. Mesmo realizando essa atividade com tamanha rapidez, ao apontar a arma contra o nó da madeira, o olho não estava mais ali. Minha avó aproximou-se das frestas e, olhando para fora, apenas disse:

– Lá vai ele no alto da coxilha. Por hoje, não volta mais aqui. Vamos dormir.

Foi uma noite de sono agitado. Não conseguia esquecer o acontecido. Rezei muito. O lampião acompanhou minha vigília e permaneceu aceso ao lado da cama, que precisei arrastar de perto da parede, com medo de que, durante a madrugada, aquele olhar de fogo novamente cravasse em mim.

A luz do dia deixou tudo mais calmo, embora eu continuasse muito impressionado. Na primeira oportunidade, perguntei à minha avó:

– O que foi aquilo na noite passada?

– Há tempos que por aqui anda um lobisomem. Normalmente, ele não se aproxima da casa, mas o seu tio acabou esquecendo a porteira da mangueira aberta.

– Quer dizer que o lobisomem não atravessa cercas? – perguntei, com uma voz trêmula de medo.

– Ele só não atravessa cerca de arame farpado. Pode ver que todo o nosso pátio é cercado desse arame. Os seus espinhos lembram a coroa que colocaram na cabeça de Cristo. É a única coisa que ataca lobisomem.

Agora vocês sabem por que eu desejei que os cinco dias que me restavam de férias na casa de minha avó passassem logo. Eles se arrastaram. Mas tudo na vida tem um fim. Voltei para casa e o acontecido ficou preso na minha memória. Jamais esqueci o pavor daquela noite e, com o tempo, aprendi a controlá-lo e ele virou mais uma história para contar nas noites em que falta luz em casa.

Dias atrás, Roberto me surpreendeu com o convite para visitarmos nosso tio Pedro. Normalmente, ele vinha nos visitar umas duas vezes por ano e, agora, com o celular ficava mais fácil mantermos contato. Aceitei na hora. Fechei mais cedo a clínica veterinária na sexta-feira e embarquei na garupa da moto do meu irmão.

Precisamos diminuir a velocidade ao entrar na estrada de chão que levava ao lugar que marcara tanto a minha infância. Em poucos quilômetros, chegaríamos ao nosso destino. Abri a viseira do capacete para melhor apreciar o pôr-do-sol e sentir o cheiro dos eucaliptos que estavam florescidos.

Pouco antes de chegarmos à porteira da chácara, a motocicleta começou a falhar, a engasgar, a cuspir fumaça e parou. Ao examiná-la, descobrimos um pequeno vazamento por onde a gasolina havia escorrido completamente. Abrimos a porteira e estacionamos o veículo dentro da propriedade.

– Que azar hein, Roberto? – olhei, preocupado, para meu irmão.

– Precisaremos ir a pé, Marcelo! Temos duas opções, tomamos a estrada ou atalhamos o mato, por onde é bem mais perto.

– Vamos pelo mato, antes que escureça – eu disse, arrumando a mochila nas costas.

Iniciamos a caminhada. Uma trilha pelo meio da vegetação conduzia até a casa da nossa falecida avó Hermínia. A passagem era um pouco estreita; tínhamos de ir um atrás do outro, entre capim mais alto que nós. Aos poucos, o sol se escondeu completamente e as sombras começaram a cobrir tudo ao redor. Parecia que, quanto mais avançávamos, mais ficávamos distantes. A noite caiu completamente. Não falávamos nada, apenas andávamos.

Percebi que algo nos acompanhava por dentro do matagal. Como meu irmão ia à dianteira, cutuquei-o de leve e perguntei:

– Não está ouvindo nada?

– Estou – ele respondeu.

– Acho que tem alguém nos seguindo – falei, amedrontado.

– Vamos correr – sussurrou meu irmão.

Não me fiz de rogado. Corremos. Quanto mais rápido íamos, mais sentíamos que éramos perseguidos. Era possível ouvir, ao nosso lado, os galhos se partindo sob o peso da desconhecida criatura e o seu resfolegar pavoroso. A lembrança do fato que presenciei quando menino veio com tudo à minha memória. O medo fez com que não sentisse o cansaço da corrida. A lua cheia já clareava o caminho e, graças a ela, Roberto conseguiu enxergar o brilho do arame à frente. Ao grito de:

– Olha a cerca!

Mergulhamos por baixo das farpas que estraçalharam o tecido da minha mochila. Logo que me vi debaixo daquelas conhecidas árvores, olhei para trás.

Ainda consegui ver aqueles dois olhos vermelhos que logo sumiram na escuridão.

3
A BURRA DA FIGUEIRA

A alma de quem morreu, sem deixar notícias do dinheiro que tinha escondido ou guardado em tal e tal lugar, anda penando.

Simões Lopes Neto

– Orides.

– Sim!? – o garoto abriu os olhos e viu um velho, de barba e roupas brancas, parado ao lado da cama. – Q-quem é o senhor? C-como entrou aqui? – gaguejou, assustado.

– Isso não importa. Tenho uma coisa muito importante para te falar. Por isso estou aqui.

Embora um tanto desconfiado e não entendendo muito bem como aquele estranho tinha entrado em casa, atrapalhando o sono do início da tarde, Orides ficou curioso em saber o que de tão sério ele tinha para dizer. Sentando na cama, ficou todo ouvidos.

– Está lembrado da figueira na beira da estrada, perto da Chácara Velha?

– Claro que sei – o menino respondeu. – Sempre que preciso ir à venda do Sebastião eu passo por lá!

– Pois no pé daquela velha árvore tem uma coisa que vai mudar sua vida. Vem comigo que vou te mostrar.

Orides levantou-se e seguiu o velho. Não soube como chegou ao pé da figueira tão rápido, pois o local era distante uma meia hora de caminhada da sua casa. Aquele homem de branco apontou as grossas raízes que saíam do chão e falou:

– Cave bem aí, na raiz que chega à estrada.

O garoto abaixou-se e começou a cavoucar no local indicado. Pensou que o chão estaria duro, mas, incrivelmente, estava muito macio. Enfiava os dedos no solo e arrancava a terra que escorria solta de suas mãos. Aos poucos, o buraco foi revelando um objeto ovalado. Era uma espécie de panela de barro redonda. Com cuidado, ele a retirou do pé da figueira. O que haveria dentro daquele estranho artefato? Começou a ficar perturbado e com medo. Para piorar a situação, olhou para frente e não avistou o velho que o acompanhara.

Respirou fundo e abriu a vasilha de barro queimado. Não pôde reprimir um grito de surpresa; deu um pulo para trás, enganchando os pés nas raízes, e se estatelou de costas no chão. A panela voou de suas mãos batendo numa pedra e quebrando-se em mil pedaços, espalhando seu conteúdo: moedas de ouro, centenas delas faiscavam ao sol, quase lhe cegando. Tentou ficar em pé, na tentativa de tomar para si o tesouro que acabara de encontrar, mas o corpo não obedeceu. Fez mais força e, aos tropeços, levantou--se. No entanto, suas pernas não se moviam. Por mais que tentasse, não conseguia alcançar as moedas que brilhavam diante dos seus olhos.

Com a mesma velocidade com que chegara ao pé da figueira, estava de volta à cama. Procurava desesperadamente sair do leito, mas seus braços e pernas não o obedeciam. Reunindo todas as forças, deu um impulso para frente e abriu os olhos. Acordou resfolegante e coberto de suor.

Na casa, todos dormiam a sesta. Orides ainda tinha tempo suficiente para ir até a estrada e ver de perto a figueira que lhe perturbara o sono de forma tão real. Correu para lá. Embora tivesse passado muitas vezes por ela, nunca prestara atenção aos seus detalhes. Ali estava a raiz apontando para a estrada, tal qual no sonho. Já ia meter os dedos na terra, quando ouviu um barulho. Alguém se aproximava. Deu um pulo e escondeu-se atrás do grande tronco. Afinal, se ali houvesse um pote cheio de ouro, ele não gostaria de repartir com estranhos.

A carroça passou vagarosa, puxada por dois bois. Ao ver-se sozinho novamente, o garoto voltou para o local onde, supostamente, haveria uma panela cheia de riquezas à sua espera. Tentou cavar o chão, mas, ao contrário do sonho, de macio ele não tinha nada. Era duro como pedra. Sem uma ferramenta adequada, não conseguiria abrir nenhum buraco ali, por menor que fosse. Ouviu novamente que vinha gente pelo caminho. Diante desses inconvenientes, chegou à conclusão de que o melhor horário para vir até ali seria à noite; só não sabia se teria coragem suficiente para realizar essa façanha.

Orides bem que tentou ir até a figueira naquela noite. Saiu depois que todos já estavam dormindo. Foi até a porteira da entrada da propriedade, mas o medo fez com que voltasse. Teria de pensar melhor em como comprovar se tudo aquilo não passava apenas de um sonho.

Por aqueles dias, numa tarde chuvosa, chegou por ali o velho Picucha. Conhecido de muito tempo do pai de Orides, vivia de comprar e vender gado por aquelas paragens. Vez que outra aparecia, e era uma alegria recebê-lo, pois histórias é o que não lhe faltavam. Como o tempo propiciava uma boa conversa, um dos assuntos do visitante calhou justamente na grande quantidade de ouro que, na falta de bancos onde pudessem ser guardados, tinham sido enterrados, em tempos passados, naqueles campos e matos. Sentindo-se confiante, na primeira oportunidade em que ficou a sós com o velho, o garoto resolveu contar seu segredo. Seu Picucha mostrou-se muito interessado em saber detalhes:

— Então, menino, me conta direito esse causo. Isso tudo não é invenção da sua cabeça?

— Qual nada, Seu Picucha. O sonho foi tão real que, só de lembrar, chego a me arrepiar todo. Olha só – e espichou o braço em direção aos olhos curiosos do velho.

— Então nós vamos ter que ver isso. Se quiser, posso te acompanhar.

— O senhor já desenterrou dinheiro alguma vez?

— Mas claro! Já vão para mais de cinco burras desenterradas.

— Burra? Eu pensei que fosse uma panela de barro.

— Os antigos que vieram de navio para cá, num tempo que nem sei dizer de tão longe que vai, chamavam os cofres onde transportavam coisas de valor de burra. Por isso que as vasilhas onde se enterravam dinheiro também são conhecidas por esse nome.

— Eu já tentei ir lá, mas de dia alguém pode estranhar um garoto cavando no pé de uma figueira.

– A noite é o melhor momento. Vou ficar mais uns dias e, assim que firmar o tempo, nós vamos desenterrar essas riquezas.

Orides percebeu que chegara o momento de provar se o seu sonho realmente tinha fundamento. Sozinho, ele não teve coragem de se aventurar; agora, com a ajuda experiente do velho, seria mais fácil levar o plano adiante.

Quando a chuva parou, Seu Picucha mostrou vontade de sair para caçar à noite. Disfarçadamente, deu uma piscadela para Orides, que entendeu sua verdadeira intenção. Na mesma hora, o rapaz se ofereceu para acompanhá-lo.

Saíram pelas 9 horas daquela noite clara e quente. A lua se mostrava em todo o seu esplendor, o que facilitava a movimentação dos dois caçadores de tesouros. O velho quebrou o silêncio:

– Então?! Não está com medo?

– Olha, Seu Picucha, não vou te dizer que não estou com um pouco de medo. Mas não é nada que uma burra de dinheiro não resolva. A vontade de sentir as moedas rolando nos dedos é maior que o receio.

– Está certo. Pegou a ferramenta para cavar?

– Claro que peguei.

– Agora, me diga uma coisa. Vai sobrar uma moedinha para o velho, não é mesmo? Afinal, eu estou ajudando nesta empreitada...

– O senhor não se preocupe que hei de te recompensar pelo auxílio, sim. Afinal, sozinho eu não teria coragem de ir até lá.

– Ah, mas quanto a isso, pode ficar sossegado, que coragem é o que não me falta para desenterrar esse ouro!

E lá iam os dois pelo caminho. Cada um pensando com seus botões no que fariam com o prêmio da sua coragem. Seu Picucha já imaginava os cavalos de raça que compraria. Orides visualizava a terra que garantiria o seu sustento no futuro. Estavam nesse pé de pensamentos, quando algo se movimentou num palanque na beira da estrada.

– Ué! O que é aquilo que passou lá na frente? – perguntou o velho.

– Deve ser um desses bichos noturnos – resmungou o garoto. – Vamos seguir em frente.

Não deram nem dez passos e uma ave soltou um piado agoniado que cortou o silêncio da noite e bateu asas bem em frente aos andarilhos. O velho estacou, segurando o braço do rapaz.

– Meu creio em Deus pai! – benzeu-se. – Uma coruja. Este bicho agourento me deu um susto danado.

– Não há de ser nada, Seu Picucha, era apenas uma coruja, vamos adiante.

– Aí que está o engano. Uma coruja nunca pressente coisa boa. Minha velha mãe, se ouvia esse bicho piar no canto da casa, não dormia mais. Ficava acordada só esperando a notícia de quem tinha morrido. Era tiro e queda. Sabe de uma coisa, moço? Acho melhor voltarmos outra noite.

– O que é isso, Seu Picucha? Vamos seguir em frente! Já estamos perto. Não é uma coruja que vai nos fazer desistir agora.

Embora não estivesse plenamente convencido, o velho deve ter ficado com um pouco de vergonha por aquele rapaz tão jovem ter mais coragem que ele. Seguiram adiante. Para tentar distrair o companheiro, Orides fez um comentário:

– Por que será que eu tive esse sonho?

– O vigia da burra te escolheu para ser o dono do dinheiro. Por certo, o tempo de ele cuidar do esconderijo chegou ao fim.

– Então aquele velho que me apareceu no sonho é quem protege o ouro?

– Ele pode também ser o dono. Quem sabe um parente antigo que quer te presentear. Quase sempre o vigia do enterro de dinheiro era um escravo, morto pelo patrão para não revelar o local a ninguém. Vai saber...

As últimas informações abalaram um pouco a coragem de Orides. Quanto mais se aproximavam do objetivo de estarem naquela caminhada noite adentro, mais ele ficava apreensivo, atento a tudo que se movimentasse ou produzisse algum som pelo caminho. Numa situação como essa, qualquer barulhinho à toa ganha uma proporção desmedida.

Ao longe, dava para avistar as fracas luzes amareladas dos lampiões da venda do Sebastião. O estabelecimento funcionava há uns dez minutos de caminhada da velha figueira. Há poucos metros da árvore, o velho e o garoto fizeram uma parada, como que para criar coragem de seguir adiante com o plano de desencavar as benditas moedas. Foi só o tempo de respirarem fundo e ouviram uma agitação no lado de dentro da cerca, bem atrás de onde o tesouro os aguardava, conforme prometido em sonho. Os lamentosos mugidos rasgaram a noite e os nervos dos dois.

– Ave santíssima! E esta agora. Já escutou que vaca berrando de noite é cobra ou mau agouro?

– Não, Seu Picucha. Mas, mesmo sem ter ouvido falar, essas vacas me deram um susto danado.

– Pois eu acho que já foi sinal demais. Eu volto daqui mesmo. Dois agouros na mesma noite são para perder um vivente. Vamos para casa, rapaz.

– Agora que chegamos até aqui! A árvore está bem ali, na nossa frente, é só chegar e cavar. Não vamos desistir.

– Então, antes de iniciar o trabalho, vamos à venda do Sebastião. Preciso de um encorajador.

– Vamos lá, então.

Orides deixou a pá escondida perto da figueira. Chegaram ao bolicho que, com o tardar da hora, encontrava-se vazio e quase fechando. O dono lavava uns copos numa bacia. Ao escutar o "Ó de casa", virou-se em sorrisos:

– Mas que alegria! Quanto tempo, Seu Picucha. E você, rapaz? O que fazem por estas bandas numa hora dessas, que mal lhes pergunte?

– Velho Sebastião, saí para dar umas aulas de caça a esse garoto, mas como ainda não disparamos um tiro, resolvi dar uma passada para tirar a má sorte num traguinho.

– Pois esteja servido – falou o dono do bar, rindo e despejando o líquido amarelado de uma garrafa num copo que depositou na frente do freguês. Depois, olhando para o garoto, disse:

– Mas que bom que vocês apareceram por aqui. Quero mandar uma encomenda para o seu pai. Dia desses, ele me pediu um fumo de rolo. Pegue o lampião e me acompanhe ao depósito, assim, você já me ajuda a trazer a carga para cá.

Seu Picucha ficou sozinho, sentado junto ao balcão. Tomava vagarosamente a bebida, na ânsia de encontrar a coragem para levar adiante o propósito de desenterrar as preciosidades prometidas em sonho ao filho do seu velho conhecido. Era um favor que fazia, pensou ele, ajudar o menino, ainda mais que uma parte do valor encontrado iria parar no seu bolso.

Um pensamento sinistro começou a rondar sua mente: e se, em vez de apenas uma simples recompensa, ele ficasse com todo o ouro? Ninguém, além dele, sabia do sonho do garoto. Ele poderia dar um sumiço no menino, inventar qualquer coisa, afinal, acidentes durante a caça acontecem, ainda mais com quem não tem prática com tiros e espingardas...

Pegou o copo, fez o líquido circular dentro dele e o emborcou de uma só vez, sorvendo todo o conteúdo. Não era uma má ideia, pensou, seus problemas financeiros estariam resolvidos se ficasse com todo aquele tesouro. Além do mais, já estava muito velho para andar por aí juntando pequenos lucros.

Por um instante, pensou ter ouvido um barulho na porta de entrada. Voltou-se, mas não viu nada. Encheu novamente o copo e o levou à boca. O som se fez ouvir novamente, desta vez mais nítido. Alguém caminhava atrás dele. Por um motivo que não soube explicar, Seu Picucha não conseguia mover o pescoço para trás e ver quem se aproximava. Seus sentidos estavam atentos, relembrava a coruja com seu pio agourento e as vacas com seus mugidos sinistros. Percebeu que não conseguia mexer um músculo do corpo. Estava tomado por um pavor descontrolado que aumentava como o som dos passos às suas costas.

Podia jurar que aquela estranha presença havia parado exatamente atrás dele. Para completar o quadro de horror, uma brisa gelada invadiu a sala, entrando pela porta e pelas janelas abertas. Aquela lufada de ar fez com que os lampiões espalhados por ali se apagassem. Menos um, que continuava com sua chama bruxuleante em cima do balcão, bem próximo aos olhos do velho. Sentiu um hálito gelado ao seu ouvido:

– O ouro é do garoto.

E o último lampião foi apagado.

– Ué, Seu Picucha! O que aconteceu com a luz? – perguntou o dono da venda, assim que voltou com Orides do depósito. Riscou um palito de fósforo e acendeu a lamparina.

Seu Picucha olhou para o rapaz e só conseguiu dizer:

– Vamos – e levantou-se, indo em direção à porta de saída.

Orides não pôde deixar de observar algo de estranho naquele olhar. Pegou o fumo de rolo e disse ao dono do estabelecimento:

– Depois meu pai acerta.

– Sem problemas. Adeus, Seu Picucha – acenou o dono da venda.

O velho virou-se, fez um leve aceno com a mão e saiu. No trajeto até a figueira, não disse uma só palavra. Ao chegarem ao pé da enorme árvore, ele apenas falou:

– Cave bem aí, na raiz que chega à estrada.

O garoto teve a sensação de já ter ouvido aquela voz um dia. Deixou o medo e a estranheza de lado e começou a cavar no local indicado. Até que a pá bateu em algo que produziu um baque seco. Cuidadosamente, retirou a vasilha do buraco e abriu a tampa de barro. As moedas e joias faiscaram na luz clara do luar. Ele virou-se para o velho amigo do pai e disse:

– Nós encontramos! Não foi só um sonho, era mesmo um aviso. Obrigado, Seu Picucha! Como te prometi, vou te dar uma boa parte e...

A frase e o entusiasmo de Orides foram interrompidos pela voz fria do velho:

– Não. Isso tudo é seu. Eu não quero nada – retrucou, numa voz tão séria e grave que não admitia argumentos.

Depois de recolocar a terra no sulco aberto ao pé da figueira, os dois voltaram para casa. Orides, aos pulos de felicidade, não parava de falar, nem notou o silêncio distante do velho. Os pais do garoto já estavam dormindo. Ele resolveu conter a sua ansiedade e aguardar o outro dia para contar-lhes a grande novidade. Também faria com que o pai convencesse Seu Picucha a aceitar uma parte daquele tesouro, afinal, era merecido. Sem o velho, ele com certeza não teria conseguido.

Assim que o dia amanheceu, Orides levantou-se para dar as boas novas aos pais. Não sabia como explicar que embaixo da sua cama estava um pote que resolveria todos os problemas de dinheiro que tiveram até então.

Ao chegar à mesa do café, antes que dissesse qualquer coisa, ouviram o barulho de palmas na frente de casa. O pai foi atender. Ouviu quando ele falou:

– O Seu Picucha? Não pode ser.

O garoto correu até o quarto onde o velho estava hospedado. Afastou a cortina que servia de porta e não encontrou ninguém. A cama sequer havia sido desfeita.

Saiu para a rua, atrás do pai que já ia longe, acompanhado do desconhecido mensageiro. Ao dobrar a curva da estrada, avistou que muita gente se juntava ao redor da velha figueira. Correu o mais que pôde. Abriu caminho entre as pessoas que olhavam para o alto, silenciosas. O sangue pareceu congelar em suas veias.

Era a primeira vez que via alguém enforcado.

4
ILHA DA SEPULTURA

Uma compacta massa de espesso nevoeiro invadiu toda a cidade – nuvens de um branco opaco e úmido deslizavam rápidas, com a ligeireza de fantasmas, e eram tão pesadas e ameaçadores que se poderia imaginar, sem grande esforço, que todos os espíritos dos náufragos e entes perdidos naqueles mares vinha tocar os ainda vivos com as viscosas mãos da morte.

Bram Stoker

Gosto deste cheiro de mar que invade todos os lugares nas cidades litorâneas. Chegamos ontem à noite, e não vejo a hora de dar um mergulho na água salgada. Todos os anos, eu e meus pais passamos uma temporada na praia. Neste ano, o patrão de meu pai ofereceu a casa para nos hospedarmos durante uma semana. Adorei a notícia. Tanto que, agora, ao acordar no meu primeiro dia de férias, caminho até a janela e faço correr a cortina para o lado. Ali está ele: o mar. Daqui, a visão é de tirar o fôlego. A casa também é incrível, uma construção antiga que a última reforma deixou com um aspecto bem moderno. Seus detalhes em madeira, como a grande escadaria que liga o andar térreo ao superior e as janelas e portas antigas, foram todos preservados.

O lugar faz jus ao seu nome: Formosa. A extensão de areia não é muito grande e as montanhas que formam a enseada recebem a água do mar como numa enorme ferradura. Além disso, a mata cerrada em cada uma das extremidades não permite o acesso às praias vizinhas. Quem estiver disposto a vir até Formosa, precisa tomar a autoestrada e entrar na pequena cidade para, então, acessar a beira-mar.

O lado mais à direita é o preferido pelos surfistas, pois as ondas, ali, são fortes o suficiente para a prática do esporte. Já o lado esquerdo é ideal para quem gosta de calmaria. A onda bate de leve e quebra com tranquilidade na areia branca. Semana passada, ao pesquisar na internet informações sobre o local, soube que esse efeito é produzido pela ilha localizada logo à frente, há pouca distância de Formosa. Consigo vê-la do meu quarto, pelo menos uma parte dela. As árvores recobrem toda a sua extensão e, bem ao centro, uma imensa pedra quadrada e branca. Os moradores decidiram, há muitos anos, colocar uma enorme cruz de madeira em cima da rocha, bem à esquerda. Realmente o que se vê é um enorme túmulo em pleno oceano, o que justifica o seu nome: Ilha da Sepultura.

Desço à cozinha. Pego uma maçã e vou até a praia. Enquanto trinco os dentes na fruta, respiro aquele ar morno e salgado. Deixo a água molhar meus pés. A manhã está apenas no seu início, o sol vai nascer em breve. Algumas pessoas caminham, exercitando-se na areia. Com o canto do olho, percebo que não admiro a paisagem sozinho. Perto de mim, uma jovem de cabelos longos e encaracolados contempla o mar.

Ela vira o rosto para o meu lado. Não consigo desviar o olhar a tempo e ela percebe que eu a observo. O jeito é dar um sorriso amarelo, como criança pega fazendo algo que não deve. Para quebrar o constrangimento, resolvo puxar assunto:

– Linda esta praia!

– É verdade – replica ela e dá alguns passos em minha direção.

Seus olhos têm um quê de esverdeado, num tom que combina muito bem com a água à frente. Procuro prolongar a conversa, mesmo sem ter muito que dizer:

– Você é daqui?

– Sim, nasci e vivo aqui. Já tive vontade de ir embora, mas não consigo ficar longe deste mar...

A garota fala com um sorriso tímido. Não sei por que, mas aquele jeito me faz bem. Sinto vontade de ficar mais tempo conversando com ela.

– E você, está de férias? – pergunta ela. – Vai ficar quanto tempo?

– Sim. Vou ficar uma semana – respondo.

– Bom, vou indo, então – diz a garota. – Espero que goste daqui e que suas férias sejam legais!

Já é! – penso, mas digo apenas:

– Também espero!

Ela vira-se para ir embora, lembro de algo e a chamo:

– Ei! Sabe se existe alguma visita guiada até a ilha?

– Uma vez por semana, na quinta-feira, o velho Salustiano leva os turistas. Ele tem um barco e o usa para transportar os passageiros.

– Você já foi lá?

– Sim, mas não gosto daquele lugar. É triste. Cheira à tragédia.

– Por quê?

– Outra hora eu conto. Preciso ir agora. Tchau.

– Qual seu nome?

Ela volta o rosto novamente para mim:

– Rebeca.

– O meu é Gustavo...

O sol lança seus raios diretamente sobre mim.

Vou pesquisar sobre os acontecimentos desta cidade. Rebeca me colocou uma pulga atrás da orelha. Embora não tenha dito nada de concreto, a forma como se referiu à Ilha da Sepultura me deixou com o estômago embrulhado.

O sol anda alto no céu. Da janela do meu quarto, vejo que a praia está lotada. Os surfistas deslizam nas ondas. No andar inferior, minha mãe ouve o último sucesso do Roberto Carlos. Tento não prestar atenção, mas deixei os fones de ouvido na sala e estou com preguiça de buscá-los. Meu pai devora uma pilha de revistas na varanda, em frente à residência. Digito o nome da ilha no notebook e dou *enter*. Surgem na tela várias páginas com essa expressão. Decido por uma. Leio a seguinte definição:

Ilha distante 600 metros da Praia Formosa, na cidade de mesmo nome, com aproximadamente 180.000 m². Possui vegetação nativa e, ao centro, uma formação rochosa em formato quadrado que ocupa um terço de toda a sua área. A leste, uma pequena praia de areias brancas e água cristalina propícia para mergulho. Mesmo apresentando tanta beleza natural, o local é envolto em mistério desde que dois jovens, segundo relato dos antigos moradores, ali perderam a vida. O corpo da moça nunca foi encontrado. O rapaz foi sepultado na ilha e, em homenagem aos dois, foi erguida uma grande cruz no alto da pedra achatada.

Olho pela janela para a enorme rocha à minha frente. Um arrepio percorre meu corpo. O que aconteceu de tão misterioso naquele lugar? Por que os jovens estavam lá sozinhos? Quero visitar o local. Talvez eu o conhecendo, esse mal-estar desapareça. Quem sabe consigo convencer Rebeca a ir comigo...

Estou gostando muito da casa e deste início de férias. A conversa com Rebeca foi o mais próximo do que chamam de "fazer amizade" desde que aqui cheguei. Falando nisso, me deu vontade de falar com ela. Não a vejo desde ontem. Bom, vou dar uma corrida, quem sabe a encontro enquanto me exercito um pouco por aí.

O sol já vai se pondo. Acabo de chegar em casa. Percorri a praia pela orla de chão batido, paralela à areia branca. Coloco a mão na maçaneta da porta. Antes de entrar, ouço que alguém me chama:

– Gustavo!

Viro-me e avisto Rebeca.

– E então?! Tudo certo por aqui?

– Acabo de dar uma corrida.

– Que tal curtir o pôr-do-sol?

Sentamos na areia. Não resisto muito tempo sem tocar no assunto que me perturba desde que a conheci:

– Li um pouco ontem sobre o casal que morreu na ilha.

– É?! – ela responde vagamente. – Nem sabia que tinha algo escrito sobre isso.

– Pesquisei na internet.

– E então?

– Só não descobri por que eles estavam na ilha. Você sabe alguma coisa?

– Dizem que a moça se apaixonou pelo filho de um empregado do pai. Para piorar a situação, ela já havia sido prometida em casamento para um figurão de Formosa. Como a família nunca aceitaria o namoro, o casal se encontrava às escondidas na ilha. Só quem sabia do fato era uma criada da casa da moça que os ajudava, para que ninguém desconfiasse que eles andavam se encontrando. Numa tarde, uma forte neblina veio do mar e cobriu toda a cidade. Vários pescadores ficaram por horas à deriva. Quando notaram o desaparecimento dos dois, a pobre empregada teve que revelar o segredo. O pai da garota, acompanhado por um grupo de empregados, foi até a ilha. Encontraram a canoa escondida em meio à vegetação. No topo da montanha achatada, avistaram o rapaz caído no chão. Ele estava com várias perfurações no corpo e completamente sem sangue. A moça nunca foi encontrada.

– E descobriram o que aconteceu com ele?

– Foi atacado por morcegos-vampiros.

– E eles ainda vivem na ilha?

– Acredito que não. De qualquer maneira, não é bom deixar as janelas abertas à noite.

– Deve ter sido muito triste.

– A família ficou arrasada. Se o amor deles tivesse sido respeitado, nada daquilo teria acontecido. Resolveram enterrá-lo lá mesmo, e o lugar recebeu o nome de Ilha da Sepultura.

– Que história triste. E onde era a casa da moça desaparecida?

– Isso é fácil. Você está hospedado nela.

Recebo a informação com um baque no peito. Que estranho. Ficar em uma casa na qual os seus antigos moradores estiveram envolvidos em uma história tão macabra. Tomo uma decisão:

– Quer fazer o passeio comigo amanhã?

– Acho que não é uma boa. Não tenho vontade de estar naquele lugar.

– Bom, eu vou. Se mudar de ideia, será muito legal ir até lá com você.

– Até uma hora dessas...

Enquanto Rebeca se afasta, observo o seu andar calmo, o vestido esvoaçante, o cabelo solto ao vento da noite que se aproxima. Sinto uma tristeza por ela me deixar ali sozinho. Olho para o mar. Será que estou gostando dessa garota?

O barco do velho Salustiano está a postos e pronto para zarpar. Além de mim, apenas um casal de turistas ocupa o convés da embarcação. Nosso guia anuncia a partida. Não estou com vontade de conversar com ninguém. Subo ao andar superior. Uma embarcação enorme para tão poucos tripulantes. Então, avisto mais alguém. Eu conheço aquela cabeleira solta ao vento. Ela veio.

Embora a tarde esteja um pouco encoberta, a paisagem não deixa de ser menos bela. O barco avança, deixa atrás de si um rastro branco de espuma. Arrisco falar algo:

– Que bom que você veio.

– Não quero deixar que você vá sozinho para lá.

– Por quê?

Não obtenho resposta. Do alto-falante, a voz do comandante corta nosso diálogo e fala sobre a vegetação, o enorme bloco de pedra, no qual subiremos mais tarde, e a praia, somente visível para quem circunda a ilha.

Chegamos. Desembarcamos no trapiche de madeira e caminhamos até a praia. A paisagem é de tirar o fôlego. A areia de uma brancura fascinante. Coqueiros altos balançam ao vento. Vamos em direção à trilha que nos levará à grande pedra em forma de túmulo. Para chegar ao alto, é necessário escalar a parede íngreme em que se desenham alguns degraus de concreto, ali colocados de propósito para facilitar a subida e chegar à grande cruz.

Rebeca está quieta, parece pouco à vontade. Sempre afastada do grupo. Puxo conversa:

– Vamos tirar uma foto?

– Pode ser – diz ela, sem mostrar muito interesse.

Preparo o celular e vou até o casal que nos acompanha. Peço para a mulher tirar uma foto. Volto para junto de Rebeca. Fico ao seu lado. Como cenário, temos a enseada com a pequena cidade ao fundo.

Logo abaixo da grande cruz de madeira há uma lápide com a seguinte inscrição: "Que o amor os encontre na eternidade." Passo a mão pela placa, na tentativa de retirar a areia trazida pelo vento. Procuro ler os nomes dos protagonistas daquela paixão cheia de desventura, mas algo faz meus olhos se desviarem para o oceano. O que vejo me deixa perturbado. Aponto e falo num fio de voz:

– Pessoal! O que é aquilo?

Uma tempestade se aproxima da ilha.

– Temos de correr, se quisermos chegar ao barco antes do temporal – informa o velho Salustiano.

Iniciamos a descida. Por mais que tentemos, não é possível vencer a distância até o barco com rapidez. O caminho é íngreme e cheio de pedras que podem ferir, caso alguém escorregue.

Estamos na metade do caminho. A neblina chega, fazendo a trilha desaparecer. A visibilidade cai vertiginosamente. O marinheiro pergunta:

– Estão todos aí?

– Sim – respondo. Ouço meus companheiros, mais à frente, responderem afirmativamente.

– É melhor ficarmos de mãos dadas para que ninguém se perca – fala o guia.

O casal desce na dianteira com o dono do barco. A mulher me estende sua mão trêmula e começa uma oração em voz baixa. Seguro a mão de Rebeca, a última da fila. A neblina misturada ao vento parece querer nos açoitar. A temperatura baixa bastante. Estamos enregelados. Ninguém veio preparado para enfrentar a drástica mudança do tempo.

É a primeira vez que toco em Rebeca. Lamento por ser nesta situação. Sinto sua fria mão presa na minha, mas não consigo vê-la nitidamente, devido à forte cerração que nos envolve. O velho Salustiano grita:

– Continuem de mãos dadas. Aconteça o que acontecer, não se soltem. Já vamos chegar à praia.

Aperto a mão de Rebeca e digo:

– Tudo vai ficar bem.

Ela não responde. A única coisa que nos une é aquele aperto de mão em meio à tempestade.

Minha atenção, que até agora está voltada para as instruções do guia, se desvia para um estranho chiado. Acompanha o som algo que sobrevoa o grupo, dando rasantes bem perto de nossas cabeças.

– O que é isso? – pergunto.

– É o que eu temia – responde o velho. – Os vampiros.

– O quê? – grito do meio da brancura que nos cerca.

Sinto que a combinação de vento, neblina e essa nova informação fazem meu coração saltar descontroladamente no peito. Um tremor me invade. O frio que teima em me fustigar por fora, agora circula também pelo meu sangue, gelando meu corpo inteiro. Me abaixo, procurando fugir dos rasantes das criaturas que passam zunindo logo acima de nós. Esse movimento faz com que eu solte a mão das duas mulheres. Um enorme morcego passa raspando meu cabelo. Assusto-me e perco o equilíbrio. Caio morro abaixo sem conseguir segurar nas pedras e nos galhos da vegetação costeira.

Por mais que tente, não consigo enxergar nada, perdido no meio da neblina. Ouço, ao longe, a voz do guia, mas ainda estou meio tonto por conta da queda. Sinto que alguém pega meu braço. Seu rosto chega junto ao meu, tão próximo que consigo reconhecer Rebeca. Ela diz:

– Vou te tirar daqui.

– Como? – pergunto, mas ela simplesmente me arrasta em meio ao ataque dos morcegos tomadores de sangue.

Percebo a madeira do estaleiro em meus pés. O barco balança com o vento. O velho Salustiano conseguiu embarcar com o casal de turistas. Rebeca para ao meu lado e diz:

– Sobe.

Escalo o mais depressa que posso a estreita escada e me jogo no chão. Tateio um lugar para sentar, mal podendo suportar as pernas. O velho dá partida ao motor. Enquanto trabalha, explica o que está acontecendo:

– Esta ilha tem uma colônia de morcegos-vampiros. Eles vivem nas cavernas da grande pedra. Normalmente só saem à noite, mas hoje, devido à tempestade, aproveitaram a neblina para saírem de suas tocas.

Dizendo isso, desliga o motor do barco. Pede calma e avisa que precisa esperar o tempo melhorar para voltarmos para casa em segurança.

Da mesma forma como veio, a tempestade começa a desaparecer. Avisto ao longe a enseada e a cidade que nos espera. Sinto uma alegria imensa por enxergar tudo novamente. Meus olhos procuram por Rebeca. Ela não está ali. Subo a escada em direção ao andar de cima. Nem sinal dela. Grito assustado:

– Rebeca!

Desço a escada até onde estão os outros:

– Cadê a garota que estava comigo? Precisamos voltar.

O velho Salustiano se aproxima de mim. Segura meus ombros tentando me acalmar; olha-me profundamente e fala:

– Meu filho, deve haver algum engano. Você estava sozinho.

– Não. A Rebeca estava comigo. Vocês acham que estou louco? Vamos voltar!

– Acalme-se, logo chegaremos à praia...

– Não! Precisamos ir buscá-la.

– Buscar quem? Você embarcou sozinho – disse a turista.

– A foto! Você tirou uma foto nossa. Lembra?

Minhas mãos quase não me obedecem. Pego meu celular do bolso. Abro a galeria de imagens e procuro a última foto. Sento. A respiração presa no peito. Lá estou eu: sozinho, com o mar e Formosa às minhas costas.

Ouço o velho marinheiro falar aos turistas:

– Rebeca é o nome da moça que sumiu naquela ilha e nunca mais foi encontrada.

5

UMA LÁGRIMA NA PAREDE

Não gosto das casas novas
Porque as casas novas não têm fantasmas

Mario Quintana

O caminhão com a mudança chegou pontualmente às nove horas da manhã. Os rapazes da empresa contratada para o serviço espalharam as caixas pelos cômodos, conforme minha mãe indicava. No dia anterior, nos despedimos do antigo apartamento de dois dormitórios e passamos a noite num hotel próximo de nossa nova moradia.

Um dos motivos dos meus pais terem escolhido este bairro é que, aqui, as casas, por serem mais antigas, são maiores e têm pátios surpreendentes, com árvores e jardins inacreditáveis para quem vive recluso entre as poucas paredes de um prédio residencial.

Além da qualidade de vida, como eu ouvia repetidamente, outro motivo para que mudássemos para um local tão espaçoso era o desejo de meus pais de aumentar a família. De tanto compartilhar esse sonho com eles, a vontade de ter um irmão acabou me contaminando.

A equipe da reforma fez um trabalho e tanto. O caos e o pó produzidos pelo tempo haviam se alterado em harmonia de cores e limpeza. O prédio começou a ficar com jeito de casa, e não víamos a hora de transformá-lo num lar.

Dormi profundamente na primeira noite na nova residência. Tentamos deixar o máximo possível as coisas em ordem, mas ainda não sabíamos onde colocar o que trouxemos. No apartamento, tudo parecia meio apertado, agora, embora tivéssemos espalhado móveis por todo canto, a casa apresentava um aspecto um tanto vazio. O tempo se encarregaria de pôr as coisas no devido lugar.

Uma semana depois, a casa estava irreconhecível. Quem a tivesse visto antes de nossa vinda, não conseguiria imaginar que se transformaria em um ambiente tão aconchegante. Minha mãe se ocupou da decoração de quase toda a casa. Meu pai fez com que o porão tomasse ares de um salão de jogos. A mim, sobrou o sótão. Confesso que achei o máximo! Quem nunca quis ter um? É claro que, primeiro, teria de descobrir o que fazer com toda aquela tralha deixada pelos antigos moradores.

O sótão era um espaço amplo, com duas janelas: de uma podia-se ver a rua, da outra, se enxergava o pátio dos fundos. O forro era todo revestido de madeira, e a brisa que corria pelas janelas não deixava o cômodo quente, mesmo com sol forte. Decidi que ali seria meu refúgio para ler, estudar, ouvir música, receber os amigos e instalar a bateria prometida para o final do ano.

Foi na tarefa de organizar meu espaço que o vi pela primeira vez. De imediato, não simpatizei com ele. Num dos cantos, acomodava-se uma pilha de quadros. Ao remexê-los, dei de cara com um menino de cabelos castanhos claros. Um cachecol escuro com alguns detalhes em vermelho envolvia o seu pescoço. O que mais chamou a atenção é que a criança chorava. Lágrimas escorriam pelo seu rosto. Pus o menino virado para a parede. Mais tarde decidiria o que fazer. Ali é que não ficaria. Com certeza. Durante o jantar, falei dele para os meus pais:

– Encontrei um quadro esquisito no sótão hoje.

– O quê? – indagaram os dois ao mesmo tempo.

– Um quadro de uma criança chorando.

– Quero vê-lo depois – meu pai falou, mostrando interesse.

Mais tarde, depois de deixarmos tudo em ordem na cozinha, ele subiu ao meu refúgio para ver a descoberta. Por incrível que pareça, o quadro exerceu nele um grande fascínio. Tanto, que desceu com a tela na intenção de pô-la na parede da sala de estar. Minha mãe não gostou nada da ideia:

– Ai, Alberto! Que coisa mais horrorosa esse quadro. Opinião sincera? Não combina nada com a alegria do ambiente.

– Olha, Sílvia! Eu acho interessante. Por que uma obra de arte, para ser bonita, tem que ser alegre? Este quadro, embora seja apenas uma réplica do original, transborda melancolia. Justamente, faz um contraste com o resto da casa. Eu já li qualquer coisa sobre o pintor. Era italiano e, se não me engano, chamava-se Bragolin. Fez vários quadros que se espalharam pelo mundo, todos com crianças chorando.

– Bom, querido, se você faz questão de deixá-lo aí, tudo bem, mas ainda não estou totalmente convencida de que ele vá esquentar lugar nessa parede.

– Giovanna, você gostou desse quadro? – gritou minha mãe.

Encolhi os ombros com um olhar de pouco caso e rasguei um:

– Mais ou menos

E baixando a voz:

– Bem para menos...

Resolvi aproveitar algumas velharias depositadas no sótão: uma cadeira de balanço, uma estante que abrigou meus livros, uma mesa de pés torneados que virou escrivaninha e, para completar, um móvel quadrado que, ao abrir uma das portas, o que encontrei? Uma vitrola, ainda por cima com vários discos enfileirados na divisória interna. Pulei de alegria ao encontrar ali o *Yellow Submarine*, dos *Beatles*; o *The Wall*, do *Pink Floyd*; o primeiro disco dos *Secos & molhados*; o *Thriller*, do *Michael Jackson* e muitos outros. Eu havia baixado da internet todas as músicas, mas ver os discos originais... Não é para qualquer um. Se as colegas da antiga escola me vissem agora, com certeza iriam falar mais ainda que sou estranha. O que posso fazer se meu gosto musical não combina com o da maioria?

Coloquei em caixas e arrastei até a rua o que não quis deixar no novo habitat. Descartei velhas revistas de negócios e outros papéis sem serventia. O pessoal da reciclagem iria adorar. Na última leva de caixas, parei para tomar um suco com minha mãe. Sentamos à mesa da sala de jantar. Dali, podíamos ver o quadro que papai fez questão de fixar na parede. Minha mãe olhava para ele com ar de reprovação. Então fez um comentário:

– Giovanna, você vai achar que eu sou doida, mas não consigo simpatizar com esse quadro. Não é só por uma questão estética. Ele não me faz bem, me dá arrepios. Sabe qual a sensação que tenho? De que, de repente, a sala perdeu o calor. Ficou gelada. Não sentei mais naquele sofá para ler. Parece que tem alguém sempre espionando.

– É impressão sua, mãe! Daqui a pouco você acostuma – tentei amenizar, como se também não sentisse a mesma coisa.

– Filha, quero te mostrar uma coisa. Lembra daquelas violetas que trouxemos do apartamento e estavam lindas na semana passada, naquele canto perto da janela?

– Sim. O que têm elas?

– Vamos até lá.

Levantamos e fomos até a floreira redonda, cheia de pequenos vasos decorados. As plantas, antes tão vivas, encontravam-se completamente murchas.

– Mãe! Elas pareciam tão bem adaptadas! – falei, não contendo a surpresa.

– É a energia desse quadro. As flores são muito sensíveis – enquanto dizia isso, minha mãe caminhou para perto da grande janela envidraçada de onde entrava boa parte da claridade do ambiente. Olhou para fora por instantes, depois voltou à carga:

– Estou decidida. Não quero mais esse quadro aqui.

Foi terminar de falar e ouvimos um estalo seco e alto. A vidraça partiu-se inteira e veio abaixo. Meu coração deu um salto no peito. Nós duas gritamos, fazendo eco ao som do vidro chocando-se com a cerâmica do piso. Corri para onde estava minha mãe e a abracei. Ambas chorávamos. Olhamos para a mesma direção: aquele garotinho, antes tão inocente, parecia estampar um riso irônico entre lágrimas. Não sei se pelo efeito de meus olhos marejados, mas o cachecol vermelho havia se transformado em garras com unhas afiadas envolvendo seu pescoço. Só então percebi o sangue escorrendo e banhando o chão de escarlate.

Minha mãe teve um corte superficial na perna e uma calça inutilizada. Depois de um curativo, chamamos o vidraceiro que trabalhou na casa durante a reforma, para repor o vidro. Após tudo limpo e arrumado, ela foi à despensa, arrastou uma escada de abrir até a sala e retirou o quadro da parede.

Fomos para o pátio dos fundos. Recolhemos uns gravetos secos empilhados em um canto e, com um maço de jornais velhos, ateamos fogo ao quadro. Ficamos ali, olhando o crepitar da lenha e a fumaça escura que levantava da fogueira improvisada. As chamas arderam e se consumiram. A moldura de madeira virou carvão, mas quem disse que o quadro foi afetado? Minha mãe, num acesso de fúria, jogou um balde d'água sobre as brasas. Assim que o calor arrefeceu, pegou um saco de lixo, colocou o quadro dentro e o pôs na lixeira da rua.

– Pronto. Acabou. Vamos entrar.

Meu pai ficou surpreso com a nossa história. Ele não pôde negar os fatos: a perna da minha mãe machucada era uma prova do que havia acontecido por ali. Afinal, ele concluiu:

– Não é um quadro velho que vai estragar a nossa felicidade. Se vocês não gostavam daquela tela, que ela não esteja mais ali. O que decidirem, está bem.

Depois do jantar, enquanto meus pais assistiam um musical na TV, resolvi subir para o meu refúgio. Abri a porta e acionei o interruptor. A lâmpada pendurada no centro do cômodo piscou umas duas vezes e apagou. Desci, peguei uma caixa de fósforos, uma vela e um castiçal.

Sentei na escada da entrada do sótão, acendi a vela e entrei. As janelas estavam abertas; senti que uma corrente de ar mais frio corria por ali. Um medo foi subindo pela minha espinha fazendo minhas mãos tremerem, a ponto de quase derrubar o castiçal que mal iluminava o ambiente.

Com a nítida impressão de uma presença maligna naquele lugar, consegui chegar ao fio que pendia do teto. Levantei a vela bem próxima ao meu rosto. À minha frente, pendurado na parede, estava o quadro que tínhamos jogado fora à tarde. As lágrimas continuavam escorrendo pelo seu rosto, no entanto, os olhos pareciam acesos com o mesmo fogo no qual arderam mais cedo. Um grito sufocou na minha garganta.

O quarto ficou escuro novamente.

NOITE DE CAÇA

De meus próprios pensamentos é insensato falar.

Edgar Allan Poe

Houve um tempo em que, para conseguir alimento, o homem precisou se embrenhar em locais desconhecidos, à caça de animais selvagens. Com a criação da agricultura, da pecuária e com o aprimoramento da pesca, essa prática não foi mais necessária. No entanto, mesmo que a idade das cavernas tenha se perdido num passado tão longínquo, algumas pessoas ainda continuaram com aquele instinto primitivo e, tal qual um animal faminto, sentem um estranho prazer em perseguir e matar uma presa.

Com Francisco era assim. Desde criança, gostava de brincar de caçada com os garotos da vizinhança, nos brejos em volta de casa. Os meninos ficavam horas perdidos em meio ao matagal, com suas espingardas de brinquedo; mais tarde, quando mais crescidos, armavam-se com seus bodoques e, no mundo da fantasia, buscavam por onças, jacarés e outros animais que faziam a alegria de quem se dedicava a essa prática.

Toda a aventura vivida nos enormes pátios baldios de sua infância foi um treinamento para o caçador experiente em que o garoto mirrado se tornou. Sua pontaria era tão precisa que lhe valeu um apelido: Chico Testa, pois o disparo invariavelmente acertava a cabeça do alvo. Não foram poucas as ocasiões em que ele e os amigos prepararam mantimentos, barracas, armas, armadilhas e se embrenharam em locais desconhecidos.

Chico Testa era o filho caçula em uma família que, antes dele, teve quatro filhas. Por isso mesmo, se tornou o deus nos acuda da casa, o olhado, o cuidado, o mimado, o mais querido. Sempre que o rapaz inventava uma saída mais demorada, o pai, a mãe e as irmãs ficavam muito preocupados. Ele, por sua vez, não tinha medo nenhum. Aqueles longos treinos, desde a infância, fizeram com que tornasse a busca por presas selvagens uma verdadeira arte.

Nos momentos de partida, os familiares se reuniam no terreiro da casa; entristecidos, queixosos, despediam-se como se ele fosse para uma guerra. Chico até que gostava quando a mãe chegava com aquele seu jeito de carinho, colocava suas calejadas mãos em torno de seus cabelos e, com o conhecido cheiro de confiança e roupa lavada, o abraçava, roçando os lábios murchos em seu ouvido; colocava em seu bolso uma pequena imagem de Nossa Senhora Aparecida e dizia:

– Vai com a virgem, meu filho. Que ela te proteja de todos os perigos, deste e do outro mundo. Volta em paz.

E assim era toda vez que o jovem resolvia se embrenhar por caminhos desconhecidos com aqueles que, desde a infância, faziam da captura de animais o seu costumeiro divertimento.

Certa vez, ele e seus fiéis companheiros, o Carrapicho e o Carlinho Catita, foram caçar nas terras do Nicolau, um senhor muito estimado que tinha uma chácara perto da Ponte Preta. Chegaram ao cair da tarde, com os cães de sua confiança. Sentaram embaixo de um grande pé de Umbu e fitaram a densa vegetação que se alastrava em curvas, depois do campo e da enorme lavoura de milho. Enquanto se preparavam para a atividade, Chico Testa perguntou:

– Tem tatu nesse mato, Seu Nicolau?

– Pois olha – respondeu o velho. – Deve ter. Outro dia o Sultão correu um tatu até a sanga que faz divisa com o Gringo – falou, apontando com a mão para o horizonte.

– Ah, mas então eu quero matar esse tatu. Tinha marca na lavoura?

– Se tinha? Cada buraco deste tamanho! – disse o dono da propriedade, abrindo os braços e fazendo círculos enormes com as mãos.

– É hoje então, moçada!

– Mas cuidado lá...

– Por que, Seu Nicolau?

– Porque os cachorros não trouxeram nada, e o Sultão, se vai atrás de um tatu, pega mesmo.

– E o que o senhor tá querendo dizer com isso?

– Pode ser que não seja um tatu, mas um mau assombro.

– Que mau assombro nada! Deve ter um tatu bem gordo fugindo desses guaipecas.

– Em todo caso, tomem cuidado. Os antigos diziam que, se um tatu correr e os cachorros não conseguirem pegar e ficarem uivando em volta, não insista. O que tá ali não é bicho deste mundo...

– O Senhor acredita nessas coisas, seu Nicolau? Nem parece um homem velho! Eu não tenho medo de nada, senão, nem saía de casa.

– Não é que eu tenha medo, mas os antigos diziam. Na dúvida, é melhor não arriscar.

Assim que anoiteceu, os jovens desceram o campo. Aproximaram-se do mato. Os pássaros que dormiam por ali se assustaram com a aproximação dos intrusos. A lua iluminava tudo com seu manto prateado; segundo eles, era a noite ideal para a captura de tatu e, por sinal, havia indícios de que, por ali, vivia um dos grandes.

– Pessoal! – chamou a atenção Chico Testa. – Estão preparados para entrarem no mato?

– Sim! – respondeu Carrapicho.

– Tô doido para dar o primeiro tiro! – galhofou Carlinho Catita.

– Então engatilhem as espingardas e boa sorte – orientou o melhor atirador dos três.

Entraram em meio à vegetação formada por algumas árvores não muito altas e arbustos que arranhavam quem por eles passasse distraído. Caminhavam lado a lado, sem jamais cruzarem a frente um do outro, para não correrem o risco de acidentes com as armas. Os cães, assim como os homens, estavam com seus sentidos aguçados, farejavam o ar em busca da presa que se tornaria o troféu da aventura bem sucedida.

Pelo meio do mato serpenteava a sanga com seu monótono correr d'água. Os rapazes seguiam pela margem sussurrante; ouvidos e olhos atentos, para não perderem de vista os cachorros, sinalizadores de qualquer possibilidade para que entrassem em ação. Aos poucos, os sons vão se distinguindo e se tornando comuns: o trilar dos grilos, o coaxar dos sapos, o piar das corujas, o farfalhar dos morcegos. Tanto, que eles prestam atenção ao que está em silêncio e a qualquer momento pode se manifestar saindo de seus esconderijos.

Os cães estacam; os homens os imitam; o sangue circulando rápido nas veias; preparam-se para entrar em ação. Explode, então, o ronco de uma perdiz que passa num voo desabalado, assustando e desequilibrando os caçadores. Depois do episódio, eles riem buscando descontrair os nervos que, por alguns instantes, permaneceram em forte tensão.

Mal puderam se recuperar. Os animais perceberam alguma coisa por trás de um arbusto. Correm para lá. Seria o tatu que esburacava a lavoura do velho Nicolau? A euforia em torno da captura era intensa, o suor empapava a roupa dos rapazes na tentativa de acompanharem os cachorros mato adentro.

Ao chegarem numa clareira aberta pela natureza no meio do mato, aconteceu algo muito estranho. Os cães ficaram perdidos, andando em círculos em volta da única árvore bem ao centro do descampado, se é que se podia chamar de árvore aquela planta sem nenhuma folha recobrindo seus galhos que mais pareciam garras iluminadas pela luz do luar.

– O que esses cachorros têm? – perguntou em voz baixa Carrapicho.

– Não sei. Parece até que viram assombração – respondeu Carlinho Catita. – Onde está o Chico?

Ao se voltarem, perceberam que Chico Testa estava parado com a espingarda voltada para o chão. Aproximaram-se e notaram que ele tremia e que seus olhos não se desviavam da árvore no meio da clareira.

– Vamos, Chico. O tatu vai se embrenhar mato adentro – falou Carrapicho, enquanto sacudia o braço do amigo.

– Esperem – sussurrou. – Tem alguma coisa esquisita acontecendo aqui. Fiquem quietos.

Nesse instante, os cachorros começaram a uivar. Os sons lamentosos fizeram com que Chico desse um passo para trás. O movimento o fez tropeçar num arbusto e cair de costas. Um terror medonho tomou conta do caçador. Ele só queria fugir dali o mais rápido possível. Engatinhando, tal como um bicho sendo perseguido, se embrenhou na escuridão procurando voltar pelo mesmo caminho que o trouxera até ali. Só parou ao chegar a campo aberto. Resfolegando, levantou e arriscou olhar para trás; um frio começou a tomar conta de seu corpo; um aperto na garganta o fez levar as mãos à boca, de onde um líquido amargo escorria. Suas pernas bambearam no instante em que alguma coisa parecia prestes a sair da mata. Foi quando caiu inconsciente sob a luz da lua cheia.

Carrapicho e Carlinho Catita encontraram o amigo caído, logo na saída do mato. Carregaram o companheiro até a casa do dono da propriedade. Depois de o reanimarem, o velho Nicolau perguntou:

– E então? O que aconteceu por lá?

– Pois, seu Nicolau, não é que o Chico se borrou todo de medo – riu-se Carlinho Catita.

– Eu nunca tinha visto alguém correr tanto por causa de um uivo de cachorro. Meu amigo tá perdendo o jeito – galhofou Carrapicho.

– Quer falar alguma coisa, meu filho? – insistiu o velho, não compartilhando da zombaria dos outros dois.

Chico Testa apenas sacudiu a cabeça em sinal de negativa e continuou quieto, sem conseguir explicar o que aconteceu com ele naquela noite. Não tirava da cabeça a imagem daquela velha árvore com seus galhos secos que pareciam querer esmagá-lo com suas sombras fantasmagóricas.

Depois dessa noite desastrosa, os moços realizaram caçadas em outros locais, sem sustos e sem surpresas. Embora continuasse tão hábil como antes, os amigos não conseguiam esquecer o medo que passou Chico Testa naquela ocasião e, volta e meia, o fato servia como motivo de zombaria. A constante lembrança da sua fraqueza o obrigou a tomar uma decisão:

– Vou voltar lá e pegar aquele tatu. E tem mais: vou sozinho.

Numa tarde quente de puro verão, preparou seus artefatos de caça, alimentou seus treinados cães e tomou o rumo da Ponte Preta. Não sem antes pedir a benção da mãe, que o abraçou rogando que tivesse cuidado. Colocou, como de costume, no bolso do rapaz a imagem da virgem e, com um aperto no peito, deixou cair uma lágrima dos olhos encovados. Ao fechar o portão, o rapaz olhou para os familiares e disse:

– Hoje eu pego esse tatu, ou meu nome não é Francisco! – e partiu.

O velho Nicolau até que tentou acompanhá-lo, mas Chico Testa foi irredutível:

– Não. Eu vou só. É uma questão de honra.

Chamou os cães, que o atenderam prontamente, ainda deu uma última olhada para trás e falou:

– Até mais tarde, Seu Nicolau. Amanhã vai ter tatu para o almoço!

Aos poucos, foi reconhecendo o caminho. Ouviu os sons dos animais noturnos e dos próprios passos sob as folhas secas que estalavam ao serem pisadas. Como antes, os cachorros iam à frente: silenciosos e atentos, farejando o ar em busca de uma vítima para o seu dono.

Os cães perceberam que algo se movimentava mais adiante. Começaram a perseguição. Chico Testa corria logo atrás, preparado para disparar, caso a presa aparecesse. Sentia os galhos arranharem seu rosto, enquanto lembrava o deboche dos amigos e o quanto serviu de piada por sentir medo diante de uma árvore naquela desastrada noite. Agora ele resolveria esse assunto de uma vez por todas. Atiraria na cabeça do tatu e provaria que coragem era uma coisa que não lhe faltava.

Abruptamente, viu-se no campo aberto criado pela clareira. Seu olho estava tão acostumado com o escuro da mata que a intensa claridade da lua o deixou meio atordoado. Os cães encontravam-se imobilizados diante daqueles galhos secos. O rapaz caminhou até lá. Aproximou-se vagarosamente do cenário que, ultimamente, povoava seus sonhos transformando-os em pesadelos.

Lembrou-se do conselho do velho Nicolau:

– Os antigos diziam que, se um tatu correr e os cachorros não conseguirem pegar e ficarem uivando em volta, não insistam. O que tá ali não é bicho deste mundo...

Por que foi pensar nisso justo agora? Um arrepio percorreu-lhe o corpo inteiro; por mais que tentasse, não conseguia manter a arma levantada, devido ao tremor das mãos. Nesse instante pavoroso, os cães começaram a uivar. A espingarda despencou no solo e ele permaneceu ali, imóvel, como se o sangue tivesse congelado em suas veias.

O rumo dos acontecimentos, ninguém até hoje conseguiu descobrir. Depois de dois dias desaparecido, Chico Testa foi encontrado, todo sujo e esfarrapado, de tanto andar às tontas pelo meio do mato. Não falava coisa com coisa; não conseguia explicar o que lhe havia sucedido. No rosto encovado, viam-se dois olhos esbugalhados. Numa das mãos, levava a imagem de Nossa Senhora Aparecida que a sua velha mãe lhe dera.

Os cães nunca foram localizados.

Se alguém quiser encontrá-lo, basta ir à igreja. Ele estará nos primeiros bancos; um terço enrolado nas mãos e a pequena estátua na sua frente como guia. Apenas reza, obstinadamente, sem olhar para os lados. Ao perguntarem o que aconteceu naquela noite, ele olha para o vazio.

E faz o sinal da cruz.

7
O ÚLTIMO CONTO

Senti que estava respirando uma atmosfera de angústia. Um sopro de profunda, penetrante e irremediável tristeza andava no ar e tudo invadia.

Edgar Allan Poe

– E então? Podemos iniciar o processo de produção do novo livro? Perguntou-me o dono da editora.

– Não sei como dizer – respondi sem jeito. – O último não ficou pronto. Que tal fecharmos o livro com apenas seis contos?

– Mas a ideia de termos sete contos é mais interessante. Acho o número místico: sete dias da criação, sete pecados capitais...

– Eu também acho, mas o que aconteceu no último final de semana me deixou completamente sem cabeça para escrever.

– O que houve de tão sério para tirar a sua inspiração? Será que você poderia me dizer?

– Estou precisando mesmo desabafar. Mande vir um café que a história é longa.

O telefone tocou por volta das oito horas da manhã. Ainda meio atordoado de sono, reconheci a voz de Lúcio pedindo que eu acabasse de acordar, pois ele tinha um convite irrecusável:

– O que vai fazer no carnaval?

– Preciso trabalhar. Fiquei de entregar meu próximo livro à editora na quarta-feira de cinzas. Ainda não fiz a correção e tenho que escrever o último conto.

– Que tal terminar o livro numa pousada?

– Não sei. Por que você resolveu sair da cidade em pleno carnaval?

– Na verdade, eu gostaria mesmo é de curtir o feriadão. A ideia de procurar um lugar mais calmo para trabalhar foi do Saulo. Irão também o Cláudio, o André e o Vitor. Até quarta-feira precisamos revisar dois processos.

– Ah! Então está explicado. Achei estranho esse isolamento. Logo vocês, que são tão urbanos...

– Nem me fala! Lembrei de você que vive correndo atrás da máquina, com certeza não vai cair na folia. Segundo o Saulo, o local é ideal para quem quer silêncio. Meus vizinhos transformam a casa num bloco de carnaval. Então, acho que será uma boa sair de circulação.

– Então, Lúcio, eu topo! Também estou precisando dar uma saída para organizar os pensamentos. Vou levar um baralho para o caso de termos uma folga, que tal?

– Ótimo! Com certeza vai sobrar um tempinho para a canastra!

Combinamos a saída para o sábado de manhã bem cedo. Lúcio passou o site da pousada. Gostei. Bastante verde. Um rio passava em frente à propriedade e, segundo informações disponíveis, era possível a pesca e o banho. Cheguei à conclusão de que o convite veio em boa hora. Conhecer um novo lugar e sair um pouco das quatro paredes do meu apartamento era o ideal para refrescar as ideias.

Como estávamos em seis pessoas, decidimos alugar um furgão, assim, além de nós, a bagagem também ficaria bem acomodada. Meus companheiros de aventura discutiam detalhes do processo judicial no qual trabalhavam. Em determinado momento, lembraram da minha presença e André perguntou:

– E você, o que anda escrevendo?

– Recolhi histórias de suspense e terror e estou produzindo alguns contos em torno delas.

– Então posso ajudar – empolgou-se ele. – Tenho uns relatos muito bons. Meu pai prestou assessoria jurídica numa comunidade de ribeirinhos e ficou hospedado por lá alguns dias. Após o jantar, os vizinhos mais próximos se reuniam e contavam causos durante horas. Ele ouviu cada coisa de arrepiar os cabelos.

– Me conte mesmo. Na verdade, há tanta história de terror por aí que dava para escrever uma enciclopédia.

– Você pode ler algum desses contos para a gente? – interrogou Vitor que era o mais calado do grupo.

– Posso, sim. Vou ler o último que escrevi, chama-se *Uma lágrima na parede*.

Literalmente estávamos no meio do mato. Acho que nem meus amigos imaginaram que ficaríamos tão isolados. As curvas do caminho se acentuavam quanto mais nos aproximávamos de nosso destino. Depois de rodarmos durante horas por uma estrada de chão batido ladeada de mata virgem, avistamos a ponte, referência de nossa chegada.

Paramos para apreciar a paisagem. Lá embaixo, o rio corria caudaloso e, da amurada, podíamos ver a água borbulhante que descia assustadoramente mais à frente, em queda livre. Entramos novamente na condução. Avistamos a placa com a indicação:

Pousada Ouro Branco. Rodamos mais um quilômetro e, enfim, chegamos ao grande casarão encravado entre morros e muito verde.

Acompanhei Saulo até a recepção, enquanto os outros descarregavam as bagagens. A dona da pousada, uma senhora simpática com ar de dona de casa atarefada, nos desejou boas vindas e comunicou uma decisão de última hora:

– Rapazes, terei mais hóspedes do que o previsto.

Dei uma olhada indisfarçável para Saulo e pensei cá comigo:

– Adeus, silêncio!

– Mas não se preocupem – continuou ela. – Vou disponibilizar a casa de cima. Lá ficarão somente vocês. Ninguém vai incomodá-los. É sossego que queriam? Então encontraram – riu-se ela. – Janete! – gritou. – Acompanhe os moços.

A mulher que nos guiou tinha os olhos postos no chão. Talvez por timidez, não falava quase nada. Um estranho sorriso nervoso, no entanto, pairava nos seus lábios. Ao pé da escada, nos fundos da pousada, avistei a enorme construção de três andares com um pinheiro centenário em frente balançando majestosamente seus galhos.

Pude observar que o andar térreo, no passado, abrigou uma enorme garagem. Agora, ela se encontrava desativada. Em lugar de carros, o que se via pelas janelas baixas e gradeadas era uma profusão de objetos e móveis não utilizados. Aproximei-me para ver melhor o amontoado de tralhas, mas o forte cheiro de bolor e umidade foi mais forte que a curiosidade.

Continuamos a subir pela escada que conduzia ao primeiro andar. Uma varanda gradeada cercava toda a extensão da casa. Dali, podia-se observar a paisagem deslumbrante que se descortinava aos nossos olhos. Deixei que meus amigos entrassem primeiro. Fiquei admirando o prédio principal da pousada que naquele momento já estava lotado de hóspedes; depois as montanhas com seus cumes envoltos pela neblina, pois, mesmo com o adiantado da manhã, ela continuava rondando a propriedade.

Caminhei pela varanda até ao lado da casa. Avistei o enorme parreiral, a horta que fornecia legumes, verduras e temperos para a cozinha da pousada e o cachorro Fila que, de vez em quando, latia sacudindo a pele solta do focinho. Ao me voltar para retornar à entrada da residência, avistei, junto à parede, uma prateleira de madeira carcomida, atulhada de vasos e jarros de barro. Todos quebrados. A moça que nos trouxe saiu pela porta dos fundos e me encontrou ali, remexendo naqueles cacos. Fiquei um pouco sem jeito, mas ela disse apenas:

– O antigo dono da casa era colecionador.

– É a primeira vez que ouço falar de alguém que guarda coisas quebradas.

– Dizem que ele achou um pote desses, cheio de ouro, no pé daquela árvore – apontou ela para o pinheiro. – Foi com esse dinheiro que ele comprou estas terras. Todo mundo que chegava aqui com uma peça e dizia que era de enterro de dinheiro, ele comprava – e afastou-se escada abaixo.

– Que estranho – pensei. – Será mesmo que estas vasilhas já guardaram riquezas escondidas embaixo da terra? – estava assim, vagando com meus pensamentos, quando Saulo me convidou para entrar:

– Você vai acabar ficando com o pior quarto.

– Sem problemas. Durmo em qualquer lugar, até no sofá da sala.

Disse isso e entrei. O cheiro de mofo não era privilégio somente da antiga garagem. Senti na sala o mesmo aroma, sutil, mas presente. O que realmente me incomodou foi o clima do ambiente. Estranhamente, ao olhar para o antigo mobiliário, percorreu-me um estranho arrepio. Comentei com Saulo a primeira impressão:

– Um pouco velho tudo por aqui, você não achou?

– Ainda não viu nada! Lá em cima é bem pior.

Quanto mais eu entrava naquela casa, mais sentia que estava num mausoléu. As luminárias que pendiam das paredes não conseguiam deixar os ambientes com claridade suficiente. Tive, em vários momentos, a impressão de que algo se esgueirava por aquelas sombras que iam se formando enquanto eu passava.

Subi uma escada estreita. Ao final dela, uma sala com sofás dividia três portas de cada lado que identifiquei como sendo os dormitórios. Uma grande porta-janela abria-se para o verde da mata que se estendia para os fundos da propriedade. Dirigi-me à única porta que ainda estava fechada. Entrei. O quarto era bem simples: uma cama de solteiro coberta com lençóis brancos, uma mesa de cabeceira, uma escrivaninha com cadeira e um armário antigo de madeira escura. Chamou-me a atenção o lustre preso à parede. As lâmpadas eram idênticas àquelas usadas em velórios e que parecem velas acesas nas cabeceiras dos defuntos.

Ouvi um barulho na parede do quarto, ao lado da mesa de cabeceira. Cheguei mais perto. Novo ruído. Olhei atentamente e vi que, bem ao canto da parede, havia uma porta disfarçada. Acionei o pequeno trinco e a porta correu para o lado. André estava na minha frente. Se fosse de noite, eu teria gritado, mas como estávamos à luz do dia, me controlei. A curiosidade foi maior:

– O que está fazendo aí?

– Achamos uma passagem secreta. Há uma comunicação entre os quartos por dentro da parede. Aqui funciona um depósito de coisas velhas. Entre e dê uma olhada.

Afastei algumas teias de aranha e entrei.

– Isso é uma mala?

– Há várias por aqui, acho até que vou pedir uma para a dona da pousada. A Carol, minha irmã, usa como decoração.

– E estes quadros? Tem alguma coisa que preste?

Comecei a olhar as telas cobertas de pó. Ouvi um comentário de André:

– Já pensou se encontramos aqui o quadro do menino chorando, como o da tua história?!

Foi o rapaz terminar de falar e eu dei um salto para trás. Ele estava ali: virado para a parede, exatamente como Giovanna o havia deixado no meu conto. O pulo me fez esbarrar em algo: um móvel com alguns discos empoeirados jogados em cima dele. Abri, apenas para confirmar minha suspeita: era um daqueles antigos balcões com vitrola acoplada.

Aqueles objetos pareciam retirados da minha história. Meus amigos estavam tão incomodados quanto eu. André resumiu o que sentíamos:

— Acho que não vou conseguir ficar aqui durante três dias...

— Isso é puro acaso, pessoal – debochou Cláudio. – Eu não acredito que vocês estão com medo de um quadro velho. Acho até que vou levá-lo para casa.

— Nem pensar – resmunguei. – Eu não entro no mesmo carro que esse quadro.

— Bom, a diária de hoje já está paga. Vamos aproveitar. Depois a gente vê se vai ou se fica, que tal? – Saulo perguntou, tentando acalmar os demais.

— Eu concordo – falei de um modo não muito confiante.

— Vou dar uma volta por aí – arrematou Cláudio. – Daqui a 1 hora nos reunimos para iniciarmos os estudos. Pode ser?

O grupo, aos poucos, se dispersou. Ficamos eu e o Saulo na sala que divide os dormitórios. Pela janela, víamos o quintal, todo gramado e cheio de árvores frutíferas, que acabava abruptamente mais adiante, no início da montanha forrada de espessa vegetação nativa. Ele quebrou o silêncio:

— Acho que essa escada vai para o sótão. Vamos dar uma olhada?

— Não sei se quero saber o que mais tem nesta casa. Estou satisfeito com as surpresas que tive por hoje.

– Eu vou subir!

Falou isso e começou a galgar os degraus que rangeram sob seu peso. Abriu um alçapão e desapareceu pela passagem aberta no forro da casa.

Caminhei até a sacada para respirar um pouco de ar fresco. Parei junto ao parapeito baixo, repleto de pequenos vasos de latão decorados com flores pintadas à mão. Fechei os olhos e deixei que a brisa brincasse nos meus cabelos, entrasse nos meus pulmões e acalmasse meus nervos que aquela casa conseguiu deixar em forte estado de tensão. Ao longe, podia ouvir o barulho da água que batia incessante nas pedras do rio. Olhei para baixo. Senti uma leve tontura e não consegui reprimir um gemido. Os vasos estavam repletos de cravos-de-defunto.

Voltei apressado para a sala. Não conseguia controlar a sensação de mal-estar e os arrepios que assaltavam meu corpo inteiro. Encontrei Saulo, que descia a escada do sótão.

– Você não vai querer subir lá – informou, apontando para cima.

– Disso você pode estar certo – retruquei, sentando desconfortável no velho sofá de couro.

– Tem um condomínio de morcegos pendurado no telhado – continuou Saulo. – Cada bicho enorme – exagerou ele com as mãos.

A nova informação deixou-me ainda mais incomodado. Não suporto morcegos. E se a espécie que está logo ali, bem acima de nossas cabeças, for hematófaga, isto é, usar sangue como alimento? Não posso me entregar ao medo.

Convidei Saulo para dar uma volta, já que, dentro de alguns minutos, os outros se juntariam a ele para darem início ao trabalho que os esperava.

Voltei decidido a me concentrar na escrita do último dos sete contos que estariam no novo livro. A paisagem do quarto que me restou compensava o clima nada acolhedor da casa. Da escrivaninha dava para ver o rio serpenteando em frente à pousada e sumindo logo adiante, mato adentro. Liguei o *laptop*. Nem sinal de internet. Pelo menos eu não me distrairia com as redes sociais.

Várias ideias rondavam a minha mente, mas não conseguia iniciar uma história. Decidi jogar paciência. Uma amiga escritora disse que é ótimo para relaxar. Quando a bateria começou a dar sinais de fraqueza, procurei uma tomada na qual eu pudesse ligar o carregador. Avistei uma atrás da mesa, bem perto do chão. Curvei-me e, nesse movimento, olhei para baixo da cama. Descobri uma caixinha de madeira disfarçada contra a cabeceira.

Pelo que pude observar, há muito tempo que ninguém mexia naquela caixa. Com uma toalha de rosto, limpei o pó que se acumulava na embalagem. Dentro dela, encontrei várias cartas e fotos antigas. Organizei a correspondência em ordem cronológica e iniciei a leitura. Não vi o tempo passar. Quando acabei de ler a última carta, as sombras começavam a escurecer o alto das montanhas, anunciando que a noite se aproximava.

Desci para a sala. Meus amigos trabalhavam. Lúcio foi o primeiro a notar que eu não estava bem:

– O que é isso, rapaz? Viu um fantasma? Está branco que nem papel.

– Encontrei isto embaixo da cama – larguei a caixa sobre a mesa. Eles olharam para mim interrogativamente. – Aqui dentro tem cartas com mais de 70 anos.

– E o que tem de tão grave nisso? – perguntou André, com ar de pouco caso.

– Os antigos moradores desta casa tiveram cinco filhos. A família era muito respeitada, tida como exemplar. Até que a filha mais nova, apelidada de Morena, apaixonou-se por um dos empregados da propriedade, um tal de Olavo. O pai e os irmãos não aceitaram esse amor. A moça acabou fugindo para São Paulo com o rapaz. A mãe, de saudade da filha, adoeceu. O pai descobriu onde Morena estava e prometeu perdoá-la se ela voltasse para cuidar da mãe. Depois disso ela não retornou mais para o seu amado.

– O que aconteceu? – interrogou Cláudio.

– Olhem esta carta – abri a caixa e retirei de lá um papel amarelado. Depois de desdobrá-lo, li o seu conteúdo:

São Paulo, 07 de julho de 1951.

Eu não deveria escrever. Faço isso, no entanto, em memória de Morena. Pela criatura adorável que vocês tiraram a vida. Sim, quero que carreguem essa culpa. Se não fosse pela ignorância da família, nós poderíamos estar juntos e felizes. Mas como explicar à sociedade que a filha apaixonou-se por um simples empregado? O orgulho de patrão falou mais alto. Por que prenderam novamente o meu amor? Vocês são responsáveis pelo seu acesso de loucura. Essa mancha ficará para sempre na memória dessa família, dessa casa, desse lugar. Isso é o que desejo profundamente.

Olavo.

– O que aconteceu com essa tal Morena? – gaguejou André.

– Quando ela voltou para cuidar da mãe, o pai e os irmãos não permitiram seu regresso a São Paulo. Numa noite, a garota fugiu e acabou se jogando da ponte lá da estrada.

– Que tragédia – resmungou Cláudio.

– Agora, olhem isto – retirei as outras cartas, as fotos e um embrulho de dentro da caixa. Abri o pano encardido pelo tempo e deixei que vissem uma velha estátua de Nossa Senhora Aparecida. Eu precisava explicar para meus companheiros o que estava acontecendo. Propus que lêssemos todos os contos que eu tinha escrito.

Não havia clima para o jantar. Abrimos um pacote de biscoitos e uma garrafa de suco que alguém trouxe. Sentamos nos sofás de couro do andar de cima. Cada um leu uma história. Os ponteiros do relógio seguiram o seu curso ritmado. Pelo silêncio reinante, notava-se que os demais hóspedes, lá embaixo, na casa principal da pousada, já haviam se recolhido. Somente nós estávamos acordados.

– Perceberam que esta casa faz lembrar todos os meus contos? – perguntei para os meus companheiros de vigília.

– Sim – disse Cláudio. – O quadro do menino que chora, o velho móvel com a vitrola.

– E os cravos-de-defunto? Quem teve o mau gosto de colocar essas flores na sacada? – falou André, com voz sumida.

– E os morcegos no sótão? – indaguei. – Lembram a Ilha da Sepultura, onde eles também viviam!

– Não posso deixar de reconhecer a semelhança entre as histórias de Rebeca e Morena. Muito sinistro – inquiriu Vitor.

– E a imagem que aquele rapaz carregava também era de Aparecida, não é mesmo? – interrogou Lúcio, olhando para mim.

– Sem contar que, quando nós chegamos, encontrei lá embaixo uma coleção de supostas burras de dinheiro – arrematei.

– Só não encontrei nenhuma ligação desta casa com o relato do lobisomem. Vocês identificaram alguma coisa? – perguntou Saulo.

Todos foram unânimes em responder que não. Foi nesse momento que o velho Fila, amarrado nos fundos da propriedade, perto do estacionamento onde estavam os carros, começou a latir. A princípio timidamente. Depois, o latido ficou mais intenso. Ouvíamos o barulho dos golpes que o animal dava na corrente, como se avançasse em algo ou em alguém. Tão concentrados estávamos em ouvir e entender o motivo da agitação do cão, que esquecemos completamente a porta-janela escancarada. Quase que ao mesmo tempo, nos olhamos e nos atropelamos para fechá-la. Então, vimos algo que nos deixou petrificados de medo, fazendo com que o sangue congelasse em nossas veias.

Ainda podíamos escutar o uivo agoniado do cachorro cortando a noite. E, lá do fundo do quintal, percebemos que algo se aproximava. Não era possível distinguir sua aparência, apenas um ser se movimentando. Até que parou e enxergamos aqueles dois olhos de fogo acesos na escuridão. Ato contínuo, uma lufada de ar gelado entrou porta adentro arrepiando nossos cabelos. Recobrei-me do susto e corri para fechar as enormes venezianas. Ouvi o resfolegar alto daquela criatura se jogando violentamente contra o cercado de madeira da varanda, fazendo com que os vasos com os cravos-de-defunto fossem arremessados violentamente em minha direção. Finalmente consegui fechar a porta. Olhei para as minhas mãos: estavam manchadas pelo amarelo das flores.

Ficamos paralisados escutando os passos e a respiração ofegante da criatura lá fora. De repente, tudo ficou em silêncio, apenas o cão Fila latia no pátio.

O resto da noite arrastou-se por intermináveis horas. Ficamos naquela sala, mal acreditando no que nossos olhos presenciaram. Tentamos usar o celular para falar com alguém da pousada, mas os telefones estavam completamente sem sinal. Nenhum de nós encontrou coragem para sair da casa. Decidimos ficar ali mesmo. Um fazendo companhia ao outro.

Qualquer som, por menor que fosse, provocava em nós um princípio de pânico.

Finalmente a luz do dia entrou pelas frestas da janela como um prodígio sagrado. Recolhemos nossa bagagem, embarcamos no furgão e partimos. Ao atravessarmos a ponte, arrisquei olhar para baixo. Vi pela última vez aquela água que caía, borbulhante e violenta, abismo abaixo. Naquele momento, tive uma certeza: jamais voltaria àquele lugar.

– Entendeu, agora, por que fiquei completamente bloqueado? Não vai dizer nada?

O dono da editora me olhou e sorriu, dizendo:

– Já temos o sétimo conto: a história que você acabou de me contar.

LEIA TAMBÉM

Compre pelo site
www.besourobox.com.br

NOVELA JUVENIL DE **Antônio Schimeneck**

A VERDADE EM PRETO E BRANCO

152 páginas / 14x21 / 978-85-5527-006-2

Dona Mercedes resolve trocar o falecido marido de vizinhança e, ao mesmo tempo, preparar sua última morada, acaba desenterrando uma história de arrepiar, cheia de mistérios e planos escabrosos que pairam sobre a pequena e interiorana cidade de Vale Santo, onde seus habitantes dividem o ar tranquilo do lugar com as abelhas, que são a base da economia local. De suas solitárias idas e vindas ao cemitério, a portenha senhora encontra uma jovem aspirante a jornalista e uma grande amizade nasce entre as duas. A partir daí, a descoberta de que nem tudo são flores em Vale Santo e o mel não é tão doce quanto parece. Antônio Schimeneck tem uma maneira própria de colorizar uma história e prender o leitor até sua última pincelada, nesta novela isso fica bem claro. Fica claro, fica cinza e acaba preto e branco. E verdadeiro.

LEIA TAMBÉM

Compre pelo site
www.besourobox.com.br

NOVELA JUVENIL DE **Antônio Schimeneck**

Por Trás das Cortinas

112 páginas / 14x21 / 978-85-99275-55-9

Um velho baú, uma mulher misteriosa e um galpão abandonado são os elos deste enredo incrivelmente emocionante, que levará o leitor a descobrir não só o segredo desta história, e sim muitas verdades que, por anos, escondem-se por trás das cortinas, por trás das músicas, por trás do tempo. Por Trás das Cortinas não é só mais um livro de mistérios descobertos, mas o resgate de uma época importante na história do Brasil que, por vezes, é esquecida ou simplesmente ignorada pelos jovens de hoje.

Impressão e Acabamento | Gráfica Viena
Todo papel desta obra possui certificação FSC® do fabricante.
Produzido conforme melhores práticas de gestão ambiental (ISO 14001)
www.graficaviena.com.br